KB179469

정지용 시의 리듬 양상

정민나 ● 1998년 『현대시학』 시부문 신인상으로 등단. 동국대 예술대학원 문예창작과 석사과정 졸업. 인하대학교 대학원 한국학과 박사과정 졸업. 현재 인하대학교 프런티어학부 강사. 그동안 펴낸 책으로 시집 『꿈꾸는 애벌레』, 『E입국장 12번 출구』, 『협상의 즐거움』 등이 있다.

한국문학연구총서 03

정지용 시의 리듬 양상

2018년 9월 5일 1판 1쇄 인쇄 / 2018년 9월 15일 1판 1쇄 발행

지은이 정민나 / 펴낸이 임은주
펴낸곳 도서출판 청동거울 / 출판등록 1998년 5월 14일 제406-2002-000128호
주소 (10881) 경기도 파주시 문발로115 (파주출판도시 세종출판벤처타운) 201호
전화 031) 955-1816(관리부) 031) 955-1817(편집부) / 팩스 031) 955-1819
전자우편 cheong1998@hanmail.net / 네이버블로그 청동거울출판사

편집 김은선 / 디자인 Book공방 / 제작 상지사P&B

ISBN 978-89-5749-207-9 (93800)

이 도서의 국립중앙도서관 출판시도서목록(CIP)은 서지정보유통지원시스템 홈페이지
(http://seoji.nl.go.kr)와 국가자료공동목록시스템(http://www.nl.go.kr/kolisnet)에서
이용하실 수 있습니다. (CIP제어번호: CIP2018028427)

한국문학연구총서 03

정지용 시의 리듬 양상

정민나 지음

청동거울

머리말

　이 책을 마무리 짓고 나서 일정 기간 책을 놓고 있다가 알베르 까뮈의 『이방인』을 읽는다. 까뮈는 알제리의 바닷가에서 성장하였다. 뜨거운 햇빛과 일렁이는 파도와 거친 해무는 감각적인 리듬으로 그의 사고와 생의 방식에 조수처럼 스며들었을 것이다. 공간적 리듬이 생활의 리듬을 만들 듯 일상의 리듬이나 생체리듬은 작가의 문체를 만든다.

　나는 시를 쓰는 사람이기 때문에 반복되는 지루한 삶도 가능한 한 시적인 리듬에 올려놓고 달래고 어르며 내 편으로 끌어들이고자 한다. 우리 몸의 리듬은 민첩하게 즉각적으로 반응하지만 시의 리듬은 내 스스로 조율할 수 있어서 일방적으로 끌려가지 않는다. 내 의지대로 통재하는 시적 리듬이 있어 답답하거나 불편한 감정도 객관적인 거리를 두고 바라보게 된다. 이러한 나만의 리듬 활용법은 정지용의 시에서 더 많이 발견된다.

　청각 영상이 의미와 짝을 이루는 지용 시의 모든 언어는 개성적인 삶으로 복귀하는 새로운 도구가 된다. 시의 음악성을 통해 삿된 인간의 마음을 풀어내어 정화시키는 바다시와, 통사의 조직적 흐름 속에서 사유의 여백을 통해 이미지와 의미를 확장하는 그의 산수시는 현실의 갈등에서 벗어나 초연한 자세를 갖게 한다.

　별생각 없이 돌아가는 삶을 굉장히 의미 있는 일련의 행위로 바꿔놓는 지용의 리듬을 다시 한번 읽고 있는데 문화회관에서 '삶을 바꾸는 리듬의 힘'이란 주제로 특강을 해달라는 제의가 들어왔다. 리듬은 움직이는 모든 것에 있다고 하였다. 이래저래 지용은 내 삶의 분위기를 반전시켜주는 리듬의 주인이 된다.

　정지용 시인은 육이오 때 납북되었고 제24회 하계올림픽이 열리던 1988년도에 해금되어 우리에게 다시 돌아온 시인이다. 지용 시 연구는 그동안 이미지적인 회화성과 공간성이 강조되어 왔다. 하지만 한국 현대시를 한층 끌어올린 그의 시에서 리듬 의식은 빼놓을 수 없다. 지용 시의 미적 특질과 예술적 세련성을 돋보이게 하는 리듬에 대한 연구는 아직도 충분하게 이뤄지지 않고 있다. 필자가 이 책을 쓰게 된 동기는 정지용 초기 시에서 후기 시에 이르기까지 그의 창작의 기저로 꾸준히 작동된 현대시의 리듬적 특성을 밝혀보고 싶었기 때문이다. 이 책은 시어의 현대화를 이룬 지용의 리듬 의식에 대한 미학적 양상과 그 의미를 밝히는 일이 된다.

　이 책은 3부로 구성되었다. 1부는 한국 현대시의 리듬과 정지용 시의 리듬 특성에 대한 이해를 고찰하였고 2부는 정지용 전기시의 리듬 양상 층위에서 살펴보았다.

　2부의 1장에서는 정형적 리듬을 변주하는 개별적 시를 통해 복합적 리듬을 형성하여 그 의미를 확장하는 시들을 짚어보았다. 정지용 시의 리듬은 고정적이지 않다. 다른 요소들과 조화를 이루는 과정에서 역동성을 느끼게 하는 것은 그의 시의 특장이 된다. 2장에서는 음운적 차원의 형태가 의미와 조응하면서 시인의 정조를 절묘하게 연결해내는 몇 가지 방식을 살펴볼 수 있다. 자음이나 모음의 반복이 전후 맥락을 이어 분위기를 전환하는 방식은 그의 존재론적 리듬 의식과 불가분의 관계에 놓인다. 3장에서는 회화성과 공간성이 그려내는 고향에 대한 '그리움'과 '애상'이 정지용 시에서 리듬으로 발현되는 관계를 살펴보았고, 4장에서는 패턴상 변조를 보이는 시 몇 편을 분석하여 다양한 음악성의 차원에서 드러나는 현대시의 가능성을 짚어보았다.

3부는 정지용 후기시의 리듬 양상으로 산문시 리듬 구조를 고찰한다. 지용은 일본 유학을 통해 서구 보편의 형식적 영향을 받았지만 그가 한국인이라는 정체성을 버린 것은 아니었다. 식민지 현실로부터 일정한 거리를 두고 시인이 선비의 품격을 잃지 않기 위해 모색한 새로운 시도가 산문적 리듬의 산수시 창작이었다. 그는 '대조', '역설', '아이러니', '여백'과 '반복'의 기법으로 이야기 시 진술 과정에서 언어의 음악적 기능을 살린다. 이때 그의 절묘한 언어 배치의 묘를 짚어볼 수 있다.

상황과 장소에 따라 옷차림이 달라지듯 지용은 그의 시에서 다양한 리듬을 적절히 활용하였다. 이러한 리듬은 활달한 이미지 구사와 더불어 근대적 시 정신을 지향하고 있어서 그가 '최초의 모더니스트'라는 별칭을 가질 만한 일이 된다.

현대의 시인들이 저마다 자유로운 리듬을 만들어 다채롭고 풍성한 시의 세상이 되었다. 하지만 세상은 양과 음이 언제나 한몸이다. 따라서 이즈음 시의 정체성에 대한 논란 역시 생겨날 수 있다. 이때 정지용 시의 리듬 양상을 다룬 이 책이 우리 시의 새로운 리듬 생성의 동인을 찾는 데 일말의 도움이 된다면 필자는 기쁠 것이다.

그동안 이 책을 쓸 수 있도록 지적인 영감을 채워주신 여러 은사님들께 감사의 마음을 전한다. 말없이 뒤에서 응원해준 남편과 진환·영은에게는 내내 고맙고 미안하다. 부족한 원고를 엮어주신 청동거울 조태봉 선생님과 편집위원들께 머리 숙여 절한다.

2018년 여름 학익동에서
정민나

| 차 례 |

제1장_서론

서론

1. 시와 리듬

우리가 '시란 무엇인가'를 이야기할 때 가장 먼저 떠올리는 것이 리듬이다. 모든 사람은 저마다 리듬을 가지고 살아간다. 언어의 소리가 빚어내는 음악적 효과는 규칙적으로 반복되고 율동적인 느낌을 갖게 하는 호흡이나 숨결이다. 모국어를 관류하는 호흡이나 심장박동처럼 생래적인 것이 리듬이라고 본다면 '리듬(rhythm)'은 '움직임'이란 뜻의 그리스어 '리트모스(rhythmos)'에서 유래했다. 따라서 규칙적인 반복에 의해 형성되는 시의 음악적 효과가 고대로부터 내려오는 전통적 시의 특징이 된다.

현대시에서 급격하게 변화하고 있는 리듬 현상은 기존의 운율 개념으로 설명하기에 어려움이 큰 편이다. 시를 도식화하거나 모형화한 운율 중심의 리듬은 갈수록 규칙을 따르는 정형성에서 벗어나려는 특징을 보인다. 현대에 들어서 모든 시들이 저마다 자유로운 리듬을 만들어냄에 따라 운문과 산문의 경계를 무너뜨리는 탈리듬화 현상이 가중된다. 이것은 이전의 리듬 연구로는 복잡한 실현체를 제대로 파악할 수 없고 인상주의적 주관 비평으로는 시의 미적 가치를 따질 수 없다는 한계를 노정한다. 시의 정체성에 대한 논란은 21세기 우리 시의 새로운 리듬 생성의 동인을 찾게 하고 현대시 전반을 아우르는 리듬 현상의 일반적 체계를 갖추는 계기를 만든다.

정지용은 리듬에 의한 의미의 연동으로 새로운 호흡을 창출함으로써 현대시의 묵독에 어울리는 리듬의 질서를 잡아갔나. 이것은 음성적인 리듬을 넘어 언어적인 리듬을 지각할 수 있게 한다. 운율의 비중이 약화되는 양상이지만 지용의 개별적인 시들에서 율독상의 개성적인 패턴을 발견할 수 있다. 이러한 구체적 상황들은 이미지와 비유, 음운의 반복과 나열의 기법을 통해 알 수 있다. 이것은 또한 여전히 좋은 시들은 리듬상의 성과를 배제하고 설명할 수 없음을 말해준다. 따라서 본고는 기존의 연구 성과에서 멀리 있던 '리듬'의 양상과 그 의의를 정지용의 시적 변모과정에서 살펴보고자 한다.

지금까지 정지용 시에 대한 연구는 크게 두 가지 방향으로 볼 수 있는데 첫째가 언어에 대한 감각적 자각과 회화성이었고, 두 번째는 동양 사상의 체계를 추구한 산문시에 대한 논의였다. 이미지즘적이고 주제적인 성격의 연구에서 나아가 이제는 정지용의 예술적 세련성을 돋보이게 하는 리듬과 의식의 상관관계를 따져보아야 한다. 끊임없이 변모의 과정을 보여주고 있는 지용의 시 형식을 살펴보면 초기 민요와 동시의 형식에서 비정형적인 자유시로 옮겨갔고 다시 산문시로 바뀌어갔다. 그 과정에서 시인은 고유한 리듬 패턴으로 시의 호흡에 긴장감을 부여하고 실험적 의식을 고취하였다. 또한 언어의 의도적인 선택이나 비정형적 리듬의 교섭으로 시의 분위기와 정서, 의식의 변화를 자유자재로 구사하였다. 이러한 지용 시의 의의는 그의 시적 변모 양상에 대한 세밀한 관찰에서 얻어질 수 있다.

1926년과 1927년 정지용이 발표한 초기 시들을 보면 3·4조나 4·4조의 민요의 형식을 갖춘 시가 있는 반면 새로운 표현기법에 의해 다양성을 드러내는 시가 있다. 예전에는 음보나 글자 수대로 행과 연을 갈랐는데 지용은 창의적으로 행과 연을 구분한다. 주관적인 입장에 따라서 시의 의미의 비중을 자유롭게 하는 것이다. 그럼에도 정지용 초기시에서 후기시까지 4·4조 민요의 전통적 리듬은 다양한 변주를 이루어나간다. 전통 율격을 창조적으로 계승하여 전달하는 지용의 근대 자유시의 특장은 전통적 율격과의 밀고 당기는 긴장 관계에서 스스로의 율동을 창조하는 것이다.

다채롭게 조성되고 있는 그의 시를 보면 '후렴구의 반복'이나 계열 음운의 반복으로 순수한 자연 공간을 새롭게 형상화한다. 소리의 시간적 흐름이 만들어낸 말의 리듬은 반복적 요소를 가짐으로써 균형을 갖게 된다. 정지용 시의 다양한 미적 구조를 포괄하는 시적 장치인 반복과 병렬은 끊임없이 생성 중인 리듬의 가능성을 열어주어 시의 정조나 이미지를 구상화하는 역할을 한다.

첨가어의 특징을 가진 우리말은 용언의 어간과 어미, 체언과 조사의 활용을 통해 기본형이나 그 변형 형태로써 문장 기능 성분을 이루므로 대구, 병렬, 나열, 점층 등에서 반복 성질을 드러낸다. 정지용 시에서 반복 형태는 동일한 단어를 반복하고 동일한 어구나 동일한 문장을 반복한다. 다시 말해 시어를 읽을 때 느껴지는 일정한 규칙적 질서를 '시적 리듬'이라고 할 때 동일 음운의 반복과 일정한 음절수와 음보의 반복, 비슷한 구조의 반복은 전체 구조의 질서화를 실현하고 시에서 정서 상태를 반영한다.

패턴상 변조를 보이는 시에서는 비정형적 띄어쓰기와 음가의 연장으로 시의 의미를 부각시킨다. 안정된 문장의 구조를 파괴하여 시각적 리듬을 조성하기도 하고 호음조와 악음조를 사용하여 리듬 의식에 대한 실험 정신을 살린다. 「勝利者金안드레아」나, 「또 하나의 太陽」과 같은 신앙시를 통해서는 감각 위주의 시가 갖는 한계를 벗어나려고 했다. 마지막으로 '현실과 이상의 새로운 관계를 모색하는' 시에서 생략과 비약, 반복과 여백의 사용, 역설의 방식을 통해 새로운 리듬의 산문시를 창작했다. 이렇게 지용은 새로운 시 형태에 대한 모색을 계속 시도하여 작품마다 독자적인 리듬감을 살려나갔다.

한국 현대시는 어떠한 율격적 규칙도 강제 받지 않는 자유시라고 정의할 수 있으나 시의 본성상 소리와의 긴밀한 연관을 떨쳐버릴 수 없다. 따라서 일정한 음량의 등가적 대비와 휴지의 반복이 빚어낸 율격적 리듬 현상의 존재는 의심의 여지가 없다. 이는 언어의 음성적인 변인이 리듬의 변이를 만들고 나아가 말의 의미를 획득하는 효과에서 비롯된다. 이것이 일상에서 쓰는 실제 언어의 리듬과 시의 리듬의 변별력을 갖게 한다.

언어가 지니는 변별적 음운 자질은 제각기의 율격 단위를 이룬다. 호음조(好音調)나 악음조(惡音調), 자운(子韻, consonance), 모운(母韻, assonance) 등은 음성적 제 현상뿐만 아니라 특정한 의미의 효과 형성에 기여한다. 정지용 시의 의미 있는 리듬 자질은 일정한 행과 연의 구분과 함께 그와 동일한 효과를 지니는 간극을 만들어 여백과 휴지 기능을 담당하는데 이것은 감각적 이미지를 표현한다. 또한 독특한 음성상징이 나타나는 음성적 차원에서 율격에 대한 섬세한 배려를 엿보게 된다.

정지용의 시를 시답게 하는 것은 고정된 운율 대신 자유로운 리듬의 창출로써, 경험을 바탕으로 하는 개인적 리듬과 소리와 의미를 둘러싼 내적인 규칙성들의 관계에 의해 생성되는 체계로 볼 수 있다. 그의 시적 리듬은 언술 주체의 구체성과 경험성이 체현된 존재론적 리듬 의식과 불가분의 관계에 놓인다. 규칙적인 휴지나 문장의 분절에서뿐만 아니라 우리 언어 체계에서 변별적 가치를 갖는 음운적 요소, 통사의 조직적 흐름 속에서 '의미와 형태' 혹은 '체계나 조직'을 궁리하고 있다. 따라서 전후 맥락의 관계 속에서 생성되는 리듬은 반드시 정서를 반영하게 되고 화자의 개성이나 성격, 말하는 내용에 대한 심정 등이 노출된다. 생리적 호흡보다 더 세밀한 지용의 시적인 리듬은 대부분 화자의 호흡보다 문법의 호응관계, 언어 질서의 내적인 형상 등 언어의 호흡에 관여한다.

현대시가 갈수록 파격적인 시행구사로 운율의 규칙성을 벗어나려는 특징을 보임으로써 시적 의미를 찾는 일이 어려워지고 있지만 그럴수록 시의 운문성/산문성이라는 이분법적 의미화의 상호 연관 속에서 '차이'와 '변이'들을 생성하는 리듬의 원리를 설명할 수 있어야 한다. 정지용의 시는 리듬론이 부재하는 것에 대해, 고유한 시적 효과를 지니는 수작(秀作)의 원리를 설명할 수 있는 새로운 이론을 제공한다. 본고의 목적은 한국 시가(詩歌) 리듬에 관한 기존 연구 성과를 토대로 하여 1920~30년대에 새롭게 창조된 정지용 시의 리듬 의식을 살펴보는 데 있다. 정지용 시의 율격이 어떻게 현대시로 갱신되는지 그의 리듬을 형성하는 대표자질과 그 기능에 대해 상응하는 리듬 양상을 조망하여 정지용 시의 변모에 따른 시의 의의를 밝혀보고자 한다.

2. 한국현대시의 리듬에 대한 인식

정지용 시에 관한 연구 자료를 조사하는 과정에서 필자는 한국 현대시의 리듬에 관한 이전의 논의가 대체로 정형적 척도에서만 이루어왔음을 확인하였다. 하지만 점차 시적 리듬의 요체가 이러한 숫자나 규칙에 의한 불변성에서 시의 형태 변형의 과정을 통해 고유한 리듬의 미적 특성을 실현하는 데까지 나아갔음을 고찰하였다.

먼저 주목되는 한국 시가의 리듬 연구를 살펴보면 박두진 산문시의 운율을 한국 시가의 정형률 형식인 2음보 연접의 구조로 파악한 김대행의 「산문시의 운율적 위상」[1]이 있다. 그는 박두진의 시 「해」가 행을 구분하지 않으면서도 2음보, 대응의 기본 구조가 됨으로써 "율적 흐름을 더 매끄럽게" 하고 있다고 보았다. 김대행은 민요에서 기본 율격구조가 되고 있는 이러한 2음보 대응 연첩이 현대시에 이르기까지 지속적인 요소로 작용하고 있음을 강조하였다.[2]

『한국시가구조연구』에서 김대행은 압운이 음성론의 차원에서 논의되어야 한다고 전제한 뒤 짧은 시행에서 동일한 음이 반복될 때 그 반복은 유의미한 반복이어야 한다고 주장하였다. 시행의 정서에 연합할 수 있는 반복이라야 그 존재 의의(意義)를 부여받을 수 있다는 것이다.[3] 그는 「우리 詩의 틀」에서 문자 행위로서의 오늘날의 율격은 언어현상이고 그것은 대립적 교체와 주기적 반복성을 바탕으로 이루어지며 그 과정을 통해 긴장과 이완의 쾌감을 형성하는 것임을 밝히고 있다. 김대행은 또한 음악성으로서의 율격을 보는 태도 또한 그 자체를 음악으로 보려는 태도보다 "영향이나 관련으로서의 요소로 국한시켜" 보고자 하였다. 결국 시를 시로 알게 하는 율적 요소는 의미의 대립적 교체와 그 주기적 반복에 의한 표준화 관습화라는 것이다.[4]

조동일은 「현대시에 나타난 전통적 율격의 계승」[5]에서 한용운·김소월·김영랑·이상화·이육사의 시를 들어 우리 전통 음보가 현대시 속에 이어지고 있음을 확인하였다. 자유시는 율격을 가지지 않는 시가 아니고 작품마다 독창적인 율동을 가진 시라고 정의하는 그는 시의 동시성을 음절수가 아닌 호흡의 균형에서 찾고 있다.[6] 또한 문법적 휴지에 근

1 김대행, 「산문시의 운율적 위상—박두진의 산문시를 중심으로」, 『선청어문』, 서울대학교 국어교육연구소, 1974.
2 김대행, 『한국시가구조연구』, 三英社, 1976.
3 김대행, 위의 책.
4 김대행, 『우리 시의 틀』, 문학과 비평사, 1989.
5 조동일, 『한국시가의 전통과 율격』, 한길사 한길 아카데미, 1982.
6 조동일, 『서사 민요 연구』 계명대 출판부, 조동일, 「한국시가의 율격과 정형시」, 계명대학보, 1975.9.16.

거한 율격적 휴지를 설정함으로써 이를 율격 형성의 기저 자질로 보고 있다.

성기옥은 「만해시의 운율적 의미」[7]에서 2보, 3보, 4보격의 율격을 드러내는 「님의 침묵」은 3보격의 율격장치가 비안정적인데 이것은 부재하는 님을 갈망하는 시대적 상황과 무관하지 않음을 파악하였다. 그는 또 『한국시가율격의 이론』에서 「소월시의 율격적 위상」[8]을 살핀 뒤 시적 토운과 율격 장치의 조화를 밝힌다. 여기서 성기옥은 소월이 즐겨 사용한 율격 장치는 층량 3보격(4·4·5, 3보격)임을 강조한다. 층량 3보격을 4보격과 3보격적 구조가 복합된 특수한 3보격적 형태로 파악하는 것이다. 비안정적 토운인 3보격 속성과 안정적 토운인 4보격 토운이 복합된 이러한 구조형성의 요인을 그는 개화기 때 일본의 7·5조 유입이라는 시대적 동인에서 해명하고 있다.[9]

장도준은 『정지용 시 연구』에서 지용의 시가 '동요·민요풍'의 전통적 율조를 기반으로 하는 초기시에서 발전하여 후기의 『백록담』에서는 2행 1연의 단형시와 일정한 크기의 휴지를 가진 산문시 형식으로 변화하였다고 보았다. 그는 지용이 후기시에서 동양적이고 달관의 시적 정신세계를 효과적인 형식으로 보여준다고 규명하였다. 특히 초기부터 발전시켜온 2행 1연의 단형시는 더욱 응축되어 여백미를 드러내고 자연 합일의 동양적 정신세계를 수용한다고 밝히고 있다.

김학동은 『정지용』에서 지용이 시작(詩作)에 있어서 '안으로 熱하고 겉으로 서늘옵게 하는 것'[10]은 그의 시의 위의(威儀)에서만 국한되는 것이 아니라 그의 시작과정에서 감정의 절제에 의한 정신적 고양의 계단을 밟는 자연스러운 시적(詩的) 태도라고 보았다. "언어의 육화된 일치"[11]로

7 성기옥, 「만해시의 운율적 의미, 한용운 연구」, 새문사, 1982.
8 성기옥, 「소월시의 율격적 위상」, 『관악 어문연구』, 서울대학교 국어국문학과, 1977.
9 성기옥, 『한국시가율격의 이론』, 새문사, 1986.
10 김학동, 「지용 文學 讀本」, 『정지용』, 서강대학교출판부, 1995, 196쪽.

감성을 통어하는 주지적 절제력을 가지고 독자의 지적 유추를 자극하는 그의 시적 개성은 감상주의를 배제하고 주관과 객관의 조화로운 통찰과 감각의 날카로움을 표현한다는 것이다. 그는 지용이 시적 자아의 이미지를 최대한 소멸시키고 대신 감각의 인상적 체험을 절도 있게 묘사함으로써 독자를 그러한 정황으로 이끈다고 주장하였다.

조창환은 『한국 현대시의 운율론적 연구』에서 비균등 음량음보(총량음보 7·5조 등)를 포괄할 수 있는 새로운 용어 '율마디'를 사용할 것을 제안한다. 그는 처음부터 동량성을 강요하지 않고 자유스러운 율격의 단위, 비균등 율마디가 지배적임을 밝히고 있다.[12]

장철환은 『김소월 시의 리듬연구』에서 자유시의 자유로움은 "의미를 조직하는 과정에서 실현되는 형식의 자유로운 창발로서 이해해야 한다"고 주장하였다. 따라서 그는 언어를 구조화하는 내적 원리로서 리듬의 형식을 개별시에서 해명하고자 하였다. 그는 또한 현대시의 리듬에 대한 신비화를 버리고 압운이나 프로조디, 템포, 억양, 휴지 등을 리듬에 대한 요소로 제시하였다.[13]

현대시의 운율을 통사적 차원, 음운적 차원, 음성적 차원에서 논의한 황정산은 통사적 차원에서의 운율은 문법적 구조나 그에 따른 의미의 분할과 깊은 관련을 갖고 있다고 보았다.[14] 음운적 차원에서는 강약율이나 고저율처럼 음절에 부과되는 변별적 자질이 중시되며 음성적 차원에서는 주로 음성상징의 특수한 효과를 주목할 수 있다고 하였다.

권혁웅 역시 "현대시의 운율은 정형시 이론에서 도출하지 말고 개별시의 장으로 볼" 것을 주장하였다. 정형적 척도에서의 이탈과 변형, 왜

11 정지용, 「詩와 言語」, 『문장』 11호, 1939.12, 234쪽.
12 조창환, 『한국 현대시의 운율론적 연구』, 일지사, 1986.
13 장철환, 『김소월 시의 리듬 연구』, 소명출판사, 2011, 19쪽.
14 황정산, 「한국 현대시의 운율론적 연구: 모더니즘 시를 중심으로」, 고려대학교 대학원 박사학위논문, 1998.

곡으로 현대시의 운율은 전체가 아닌 부분에서 관철되는 음보나 음성상 징으로 보고, 보다 다양한 운율적 요소를 품고 있는 개별 시편의 운율을 준거로 삼아야 한다고 밝히고 있다.[15]

이들은 대체로 현대시의 리듬이 규칙적 반복에 의해 형성되는 시의 음악적 특성을 포함하면서 동시에 불규칙적인 반복 요소들이 이루는 시스템에 의해 구축된다고 보고 있다. 또한 한 편의 시에서 나타나는 음운이 리듬을 형성하는 경우나 언어의 반복이나 병렬이 갖는 규칙적인 차원이 의미론적 리듬을 형성하는 경우는 개념만으로 설명되던 기존의 율격 논의를 지양한다는 것을 보여준다.

리듬 관습은 공감적으로 수행되는 것이기 때문에 언어원칙을 기초로 하지만 동시에 언어원칙을 뛰어넘는 자생적 논리를 가지고 있다. 일상어의 관습은 정보를 알려주는 지시적 기능을 반영하지만 시적 관습은 일상어의 억양을 시적 억양으로 바꾸며 산문적 율동이 침묵의 여백이나 시적 율동으로 내적 질서를 형성하게 된다. 시적 관습과 일상어의 언어 관습은 다르게 작용한다는 차원에서 일상어로서의 내용과 체계가 시적 언어로 전경화되는 것은 구체적 현실 속의 객관적인 특정성이 주관적 시간으로서의 감정이나 정서 환기로 결속되는 것에서 찾아볼 수 있다. 이 과정에서 현대시의 음악성은 다양한 현상틀에서 관찰된다.

이 논문에서 필자는 정지용 시에 나타난 리듬 의식에 대해 그 구조적 원리의 관점에서 알아보고 그러한 시의 형태와 구성이 어떻게 미학적 형상과 의미의 효과를 만들어내는지 살펴보고자 한다. 정지용의 개별 시편마다 독자적으로 작동하는 리듬 요소의 층위에서 1930년대 한국현대시의 리듬을 엿볼 수 있다.

---

15 권혁웅, 『시론』, 문학동네, 2010, 425~463쪽.

3. 정지용 시의 리듬 특성에 대한 이해를 위해

　정지용의 시적 경향은 절제된 감정으로 형식적인 민요와 동시, 비정형적 자유시와 산문시로 끊임없이 옮아갔다. 1930년대 전후에 있어 그의 전기시의 특질과 미적 양식을 규명함으로써 그가 리듬 의식에 대한 실험 정신으로 한국 현대시를 한층 끌어올린 시인임을 밝히고 '무욕의 철학'을 특색으로 하는 그의 후기시 역시 '언어의 예술'이라는 자각으로 일반 서사와 다른 시적 기교를 사용한 것을 살펴볼 것이다.

　먼저 정지용의 시를 전기시와 후기시의 리듬 양상으로 나누었을 때 전기의 규범체계로서의 리듬에서는 정지용 시의 미적 근원이 행이나 연, 음성상징과 시구의 반복 등에서 보이는 것처럼 음악성이 바탕이 된다는 점을 확인할 수 있다. 또한 반복과 대칭을 통한 리듬의 조화가 전통적 율격과 현대 지향적 요소를 동시에 포괄하는 정지용 시의 리듬의 배열양상임을 규명할 수 있다. 나아가 층량보격에 해당하는 시를 검토함으로써 시의 형태 변형의 과정을 통해 파생되는 새로운 성격의 시들이 우리에게 어떻게 친숙한 모습으로 다가오는지 살펴볼 수 있다.

　성기옥은 서구의 자유시가 "전통율격과의 끊임없는 대결"을 통해 생성되었다고 본 바 있다.[16] 지용 역시 오랜 역사와 함께한 전통 율격에 대한 이해를 전제로 우리 민족의 의식 심층에 놓여 있는 "자연스러움의 원형"을 무시하지 않고 우리말의 미감을 잘 살려 쓴 시인이라고 할 수 있다. 정지용 초기 시의 연구에 있어서 4음보를 원용한 민요의 전통적 율격의 영향을 받은 시가 많은데 이러한 시의 형태가 동일한 구문에 묶이면서 1935년 『정지용 시집』에서는 2행 1연의 형식으로 재구성되는 과정을 살펴볼 수 있다. 이때 4·4조 민요의 율격이 어떠한 방식으로 변조

---

16 성기옥, 앞의 책, 293쪽.

를 이루어나갔는지 전통과 모더니즘적 요소의 연관 속에서 분석해볼 것이다.

김춘수는 시의 형태를 리듬 체계에 따라 '정형시', '자유시', '산문시'로 분류[17]하는데 지용의 전기시는 '정형시'와 '자유시'로, 후기시는 '산문시'로 분류할 수 있다. 이 논문의 제2장 1절 정형시에서는 주로 반복과 병렬의 리듬으로 정형적 리듬을 보여주는 시를 소개하고, 정형시에서 파생된 자유시의 리듬이 어떻게 비정형적 양상을 보이는지 정형적 리듬을 변주하는 개별적 시를 통해 살펴볼 것이다.

2절에서는 음운적 차원의 형태와 소리의 배열 양상을 통해 한 편의 시에서 반복적으로 출현하는 음소가 어떻게 시 전체의 의미론적 요소와 관련을 맺는지 밝혀볼 것이다.

3절에서는 '그리움'과 '애상'이라는 양가적 인식을 전달하는 「향수」를 통해 정지용 시의 정조와 리듬의 관계를 살펴볼 것이다. 근대의 문물이 유입되던 1920년대 후반에 근대화된 공간에서 시인이 도시에서 지친 화자를 형상화하는 방식은 모더니즘 형식과는 정반대의 유년으로 회귀하는 내용이었다. 이때 쓰인 시의 후렴구는 '반복'이라는 전통적 형식을 사용하지만 나머지 시구들은 리듬의 기본 단위인 음보나 음수율을 따르지 않고 전통 율격을 변용한 자질들로 새로운 율격을 만들고 있다. 그러한 하나의 예로 불규칙적으로 산포된 자음 조직의 양상을 들 수 있다. 전체가 아닌 부분에서 관철되는 이러한 음운이나, 반복해서 출현하는 음소가 시 텍스트 전체에서 어떤 역할을 하는지 필자는 그 궤적을 살펴볼 것이다.

패턴상 변조를 보이는 시 「風浪夢」, 「바다」, 「슬픈 汽車」를 통해서는 비정형적 띄어쓰기와 음가의 연장을 통해 시의 이미지와 의미를 부각시

---

17 김춘수, 『김춘수 전집 2: 시론』, 문장, 1982, 20~21쪽.

키는 효과에 대해서 살펴보겠다. 또한 풍자의 어조를 드러내는 4절의 「카페-프란스」에서 '밤'과 '뱀'처럼 음성의 변별적 차이에서 비롯되는 리듬의 기본 의미를 살피고 「슬픈 印象畵」에서는 파편적인 문자나 자유로운 활자의 크기 조절을 통해 안정된 의미의 문장 구조를 파괴하는 시각적 리듬에 대해 살펴본다. 「파충류동물」의 분석을 통해서는 '호음조'와 '악음조'라는 고유한 요소가 어떻게 리듬감을 조성하는지 알아보고 '생략'과 '우회'하는 시에서 '낯설게 하기 기법'의 의미를 확인할 것이다.

산수시(山水詩) 계열로 넘어가기 전 경계의 시를 「유선애상」으로 본 것은 시의 본문에서 반복적으로 드러나는 반어적 어조에서 밝혀낼 수 있다. 스피드를 추구하는 문명의 세계를 '신경방석'이라는 비판적 의식으로 바라보는 화자의 이 반어적 어조에서 독자는 냉소적 태도를 엿보게 된다.

정지용 후기시의 리듬 양상은 산수의 정적인 분위기를 절제된 감정으로 드러낸다. 그가 후기 산문시에서 주제의식과 미적 양식을 드러낼 때 리듬과 이미지와 같은 시적인 장치들을 구체적으로 어떻게 살려나가는지 제3장에서 짚어볼 것이다. 이를테면 '대조', '역설', '아이러니', '여백'과 '반복'의 기법이 이야기의 진술 과정에서 언어의 음악적 기능을 살리는데 그 '비약'과 '암시', '은유'적인 표현들을 살펴볼 것이다.

지용의 산문시는 통사적 차원에서도 리듬을 배열하는데 이때 시적 긴장을 유지하는 표현의 밀도를 통해 '세계'와 '존재'에 대한 '시정신'을 드러낸다. 서사적 대상의 시적 형상화에 치중하는 정지용의 시가 '어떻게 산문시로서 규정될 수 있는가'라는 질문에 대해 그 내재적인 요소들을 짚어볼 것이다.

이미 성취되어 있는 기초적 연구를 토대로 위와 같은 논증 방법의 부분적 탐색과 자료 보완을 통해 필자는 본고에서 정지용 시의 리듬 의식과 그 효용적 정당성을 마련하고자 한다. 우리 시가 가진 리듬 특성을 상세히 검토함으로써 그 실천적 적용을 통해 정지용 시의 미적인 가치를 검증하고자 한다.

제2장_정지용 전기시의 리듬 양상

정지용 전기시의 리듬 양상

　그동안 정지용 시 연구에서는 주로 이미지적인 회화성과 공간성이 강조되어 왔다면 언어의 기지를 보여주는 리듬 의식 연구는 미비한 차원에 그치고 있다. 정지용의 시연구에서 회화성 못지않게 언어의 소리로서 특징을 살린 음악성에도 주의를 기울여야 하는 이유는, 리듬이 산문 문학과 구별되는 시만의 특수한 변별적 요소를 드러내기 때문이다.

　정지용 초창기 시의 상당수는 전통적 민요의 율격을 그대로 계승하고 있다. 음절수나 음보의 규칙적 반복으로 전승 민요의 형식을 지닌 시들은 『정지용 시집』에 재수록 되면서 2행 1연으로 변모하였다. 이 시의 리듬은 『백록담』에 실린 2행 1연의 시들과 동일한 구성을 지닌다. 이것은 4·4조 민요의 전통적 리듬이 정지용 초기시에서 후기시까지 그의 창작의 기조로 꾸준히 작용하였고 이를 바탕으로 다양한 변주를 이루어나갔음을 말해준다.

　정지용은 고전 시가에서 보이는 정형성에서 현대시의 리듬적 특성을 도출하는데, 반복과 병렬의 방식은 정지용 시에 음악적 요소를 더하여 시의 의미와 이미지를 구상화하는 데 중요한 역할을 한다.

1. 정지용 시의 규범 체계로서의 리듬

1) 전통적 율격의 배열 양상

정지용 시의 미적 근원은 행이나 연, 음성상징과 시구의 반복 등 음악성이 바탕이 되는 '동요·민요풍'에서 시작되었다. 이러한 '동요 민요풍'의 시편들은 지용의 휘문고보 『요람(搖籃)』 동요 동인 시절까지 거슬러 올라간다. 이것은 휘문고보 재학시절로부터 시작하여 1926년 동지사 대학을 졸업하기까지 창작된 것이 대부분이다. 「서쪽하늘」, 「감나무」, 「三月 삼질날」, 「내맘에 맞는 이」, 「무어래요」 등은 전승되는 미담이나 놀이를 소재로 삼고 있다. 특히 삼질날 쑥개피떡을 만들어 먹는 세시풍속을 떠올리게 하는 「三月 삼질날」은 전통 민요의 가락으로 그 내용을 담아내고 있다.[1]

민요조의 율격으로 한국적 세시풍속을 담아낸 지용의 초기 시로는 「산엣 색씨 들녁 사내」, 「해바라기 씨」, 「할아버지」, 「바람」, 「종달새」, 「산소」 같은 시들이 있다. 1932년에 발표한 「고향」과 함께 『정지용 시집』 3부에 실린 이 시들은 주로 농촌 '공동체에 대한 향수'를 내용으로 하고 민요라는 율격을 지향했다는 점에서 모두 유사하다.

> 우리 옵바 가신 고슨
> 해ㅅ님 지는 서해 건너
> 멀니 멀니 가섯 다네.
> 웬일 인가 저 하눌 이
> 피ㅅ빗 보담 무섭 구나

---

1 권영민, 『정지용 詩 126편 다시 읽기』, 민음사, 2004, 424쪽.

날니 낫나. 불이 낫나.

-「서쪽한울」 전문, 『학조』 1호(1926.6), 105쪽

「서쪽 하늘」은 1926년 『학조』 창간호에 실렸다가 제목과 내용을 수정
보완하여 『정지용 시집』에서는 「지는 해」로 바뀌어 실려 있다. 이 시는
정지용이 그의 어린 시절부터 들어온 이야기를 전통적 민요의 기본 율
격인 4음보를 원용하여 지은 것이다. 농촌 공동체에 대한 향수를 시화하
는 초기시에서 드러나는 민요조의 율격은 16세 이후 고향을 떠나 경성
과 경도에서 지낸 정지용이 자연스럽게 차용한 창작 방법이다. '떠나간
오빠를 기다리는 누이'라는 전승된 이야기는 4·4조 2음보격이라는 전
통적 율격을 따르면서 우리에게 친근한 느낌을 전하는데 민요로부터 내
용과 율격의 영향을 받은 면이 많다.

하눌 우에 사는 사람
머리 에다 씌를 씌고.
이쌍 우에 사는 사람
허리 에다 씌를 씌고.
쌍속 나라 사는 사람
발목 에다 씌를 씌네.

-「씌」 전문, 『학조』 1호(1926.6), 105쪽

이 시에서는 시적대상인 '사람'과 시적상태인 '씌다'의 반복과 그러한
단순한 리듬의 반복 속에서 의미의 대조를 수반하고 있다. 이 시 전체를
지배하는 구조적 원리는 2음보 마디를 둘씩 묶은 4음보 율격의 빠르면
서 안정된 전통 시가의 기본 율격을 그대로 계승힌다.[2] 통시적 차원의
동일한 패턴이 이 시의 리듬감을 형성하는 것인데, 서로 다른 대상과 상

태가 동일한 구문에 묶이면서 음악성을 부여받는 것이다.

시의 형태적 본질이 리듬에 있다는 생각은 김춘수의 시의 형태를 규정하는 다음과 같은 양상으로 정립될 수 있다. 그것은 리듬의 체계에 따라 정형시, 자유시, 산문시로 분류된다.

文體를 제외한 詩에 있어서 形態란 韻律 meter의 有無를 우선 가지고 있으면 어떻게 있는가, 없으면 어떻게 없는가 하는 그 운율의 있고 없고 대조의 詩의 聽覺的, 視覺的 樣相이나 韻律, 즉 音聲律(平仄法), 음위율(押韻法), 음수율(造句法) 중 어느 하나를 가지고 있더라도 그 詩를 定型詩라고 하고 있는 동시에 이 중의 어느 하나도 가지고 있지 않는 시를 自由詩 혹은 散文詩라고 하고 있는 것이다. 그러니까 定型詩의 定型의 양상, 自由詩 혹은 散文詩의 定型 아닌 각 양상이 詩에 있어서의 形態인 것이다. 그런데 定型詩에 있어서는 완전한 定型詩와 불완전한 定型詩의 2종이 있을 것이다 西歐의 14行詩 sonnet와 같은 것이나 漢詩의 7言, 5言絶句나 律 같은 것은 前者에 속할 것이고, 韓國의 時調類는 後者에 속할 것이다. 엄격한 입장에서 따진다면 韓國의 詩는 한국어의 성격상 音聲律과 音位律을 가지기 곤란할 뿐 아니라, 가진다고 하더라도 별다른 효과를 거둘 수가 없을 것이다.[3]

한국의 전통적 시수의 형태는 시조의 3·4조, 민요의 7·5조, 가사의 4·4조 등과 같이 음수율에 있다고 볼 수 있다. 이 시는 호흡마디를 4·4조의 음절수에 맞추면서 정형적 템포를 형성한다. 통사적 분단에 의해 행이 구분되지만 '띄'라고 하는 같은 어휘마다 마침표를 찍어 규칙성을 배가한다. 또 1, 3, 5행과 2, 4, 6행의 행 단위에서 이루어지는 '반복'은 동질

2 정지용의 초창기 시 중 상당수의 작품은 전통 시가의 기본인 4음보 율격을 그대로 계승하고 있다. 4·4조 2음보격으로 된 「지는 해」, 「띄」, 「홍시」, 「병」은 전통적 민요의 율격을 그대로 따르고 있다.
3 김춘수, 『김춘수 전집2: 시론』 문장, 1982, 20~21쪽.

적이거나 대립적인 인간의 모습과 조건을 드러내기 위한 시적 표현이다.

변주되는 동일한 형태소와 낱말, 구절은 인간의 보편적인 조건을 보여주는데 '하늘'—'이 땅'—'땅속'과 '머리'—'허리'—'발목'과 같이 낱말의 부분적 교체가 짧은 비련시에서 시 텍스트 전체 구성에 의미의 차이를 형성한다. 한 행의 통사구조가 다음 행에서 반복하고 낱말과 구절의 병치가 시 텍스트 전체에 일관되게 드러나는 이러한 동시적인 리듬은 이 시의 내용이 가지고 있는 동화적인 세계와 잘 호응한다. 통사적 긴밀성이 의미적 등가성과 밀접한 연관성을 갖는 것[4]을 잘 보여주는 예이다.

음악적 요소와 함께 새로운 의미의 발견을 가능하게 하는 것이 시라고 한다면 시인은 대립적 병렬과 반복을 통해 리듬을 통제함으로써 의미를 드러내고 있다. 현대시의 다양한 리듬 현상과 미적 구조를 포괄하는 시적 장치인 반복과 병렬은 우리 시의 리듬 형성에 중요한 역할을 하고 있다. 다시 말해 음성적인 리듬을 넘어 언어적인 리듬을 지각할 수 있는 시 형식의 반복과 병렬은 시의 정조나 이미지를 구상화하는 역할을 한다.

하라버지 가
담배재 를 물고
들 에 나가 시니
구진 날 도
곱게 개이 고.

하라버지 가
도롱이 를 입고

---

4 롯츠는 음질 단위 이상, 시행 단위 이내, 즉 동사론석 차원에서 율격석 단위를 구성하는 요소로 문장, 콜론, 단어의 세 가지를 들고 있다. John Lotz, *Metric Typology*, Style in Language, ed T.A. Seobeok, p.138. 황정산, 앞의 글, 16쪽에서 재인용.

들 에 나가 시니

가믄 날 도

비가 오시 고.

─「할아버지」 전문, 『신소년』 5권 5호(1927,5), 44쪽

　이 시 역시 전통 시가의 음보율을 사용하면서 그것을 변형하는 방식으로 띄어쓰기의 의도적 행갈이를 하고 있다. 어근을 분절시킴으로써 각각의 단어 '할아버지', '담뱃대', '들' '구진' '개이(다)' '도롱이' '가믄' '오시(다)'가 선명한 이미지를 얻게 된다. 자연스러운 호흡을 강제로 분절함으로써 새로운 소리의 조직을 만드는 것은 어휘의 의미를 강조하고 나아가 전체 시인의 의도를 드러내기 위함이다.

어적 게도 홍시 하나.

오눌 에도 홍시 하나.

싸마구 야, 싸마구 야.

우리 남게 웨 안젓나.

우리 옵바 오시걸 랑.

맛뵈ㄹ 나구 남겨 두엇다.

후라. 쌌닥. 휘이. 휘이.

─「감나무」 전문, 『학조』 1호(1926,6), 105~106쪽

　이 시에서는 율격 내부의 호흡 패턴의 변화가 거의 없지만 음절수나 음보의 규칙적 반복으로 템포를 구현한다. "어적 게도 홍시 하나./오눌 에도 홍시 하나."와 같은 행의 반복이나 "후라. 쌌닥. 휘이. 휘이."와 같은 음성상징 등에서 음악적 리듬을 느낄 수 있다. 여기에 더하여 행마다 마침표를 찍어 규칙성을 배가하고 있다.

4·4조로 대변되는 우리의 전통 율격의식은 1920년대의 서정시인들도 그러한 형식으로 민요의식을 담아내었다.[5] 1926년 『학조』 창간호에 실린 이 시는 4음절로 호흡을 조절하여 전통적 민요의 율격을 차용하고 있다. 「서쪽한울」과 같이 이 시 역시 율격에서뿐만 아니라 '오빠를 그리워하는 누이'라는 전승민요의 내용을 가지고 있다. 또한 이러한 4·4조 2음보격 민요나 동시의 형식을 지닌 정지용 초기시들이 『정지용 시집』에 재수록 될 때 2행 1연의 시 구성으로 변모한 것은 지용 시의 특징을 잘 보여준다.

「감나무」는 1935년 『정지용 시집』에서는 2행 1연의 형식으로 재구성되었고 제목도 「홍시」로 바뀌어 실렸다. 이 시의 리듬은 『백록담』에 실린 운문 시 형식의 시들과 동일한 구성을 지니는데 「玉流洞」, 「九城洞」, 「朝餐」, 「忍冬茶」, 「瀑布」, 「비」 등이 2행 1연의 시를 구성한다. 이것은 정지용이 문단활동 초기부터 1930년대 후반까지 전통적 리듬을 꾸준히 사용하였다는 것을 말해주고 있으며 4·4조의 민요를 기조로 율격의 다양한 변조를 이루어 나감으로써 이후 전통과 모더니즘적 요소의 연관 속에서 정지용 특유의 수작의 원리를 생성해 나간 것이다.

성기옥은 현대의 자유시가 전통적 율격과의 밀고 당기는 긴장관계에서 스스로의 율동을 창조할 때 진정한 의미와 절실성을 획득할 수 있다고 보았다.

전통 율격과 무관한 자유시가 아니라 어떤 형태로든 전통적 율격과 통로를 열고 있는 자유시, 따라서 그것은 전통 율격에 근거한 전통 율격으로부터의 벗어남, 반동, 거부라는 의미의 율격적 자유로움이어야 할 것이다.[6]

---

5 이광수는 우리의 전통적 민요가 4·4조를 기조로 다양한 율격으로 변조되고 있다고 하였다. 이러한 이광수의 율격의식은 1920년대 서정시인들의 일반적 율격 의식을 대변하는 것이기도 하다. 장도준, 「1920년대 민요조 서정시인들의 민요의식과 7·5조 율조에 대하여」, 『한국 현대시의 전통과 새로움』, 새미, 1998, 73쪽.

성기옥은 특정한 율동이 선행되는 서구의 자유시가 "전통 율격과의 끊임없는 대결을 통해 생성되고 있음에 반해, 우리의 자유시가 전통적 율격과의 통로를 차단한 상태에서 생성"되고 있음을 지적하면서 전통적 율격이란 한 사회의 양식화된 관습적 산물임을 강조한다.[7]

이 시기 정지용은 전통적 율격과의 통로를 차단하지 않고 오랜 세월에 걸쳐 민족의 역사와 함께한 전통적 율격에 대한 이해를 전제로 한국의 언어미를 살려 동시와 민요풍의 시를 썼다. 지용은 전통 율격이라는 우리 민족 "의식의 심층에 놓여 있는 자연스러움의 원형을 무시하지 않고" 받아들이기 때문에 오히려 우리말의 미감을 개성적으로 잘 살려 쓸 수 있었던 것이다.

2) 반복과 대칭을 통한 리듬의 조화

새삼나무 싹이 튼 담우에
산에서 온 새가 울음운다.
산엣 새는 파랑치마 입고.
산엣 새는 빨강모자 쓰고.

눈에 아른아른 보고 지고

---

6 성기옥이 말하는 자유시의 진정한 의미를 더 살펴보면 다음과 같다. 즉 자유시란 "전통 율격과의 통로가 차단된 상태에서 인식되는 고립된 자유가 아니라 그것과의 팽팽한 대결로부터 인식되는 자유임을 명념해 두지 않으면 안 될 것이다. 가령 우리가 기성 질서를 거부하고 새로운 질서를 획득한다고 말할 때, 기성 질서가 전제되지 않는 새로운 질서의 의미를 상정할 수 있는가, 새로움이란 무엇에 대한 새로움이며, 새로운 질서란 기성 질서와의 팽팽한 대결적 긴장 관계에 놓여 있을 때 의미를 지닐 수 있는 것이다. 마찬가지로 자유 역시 무엇에 대한 자유이며, 자유시 역시 전통적 율격이 전제되지 않고서는 그 진정한 의미를 지닐 수 없다. 엄격한 율격적 질서로부터 벗어나려는 전통 율격과의 팽팽한 긴장 관계를 유지하고 있을 때 그 의미는 중요성을 지닌다."는 것이다. 성기옥, 『한국시가율격의 이론』, 앞의 책, 293쪽.
7 성기옥, 위의 책, 292~296쪽.

발 벗고 간 누이 보고지고.

짜순 봄날 이른 아츰부터
산에서 온 새가 울음운다.

—「산에서 온 새」 전문, 『어린이』 4권 10호(1926.11), 1쪽

이 시는 특정 음소들의 반복적 연관성을 통해 소리의 결을 이루고 있다. 전통적 율격과 현대 지향적 요소를 동시에 포괄하는 지용시의 리듬은 진술적인 산문의 낭독 방식과는 다르게 호응하고 있는 언어들이 시·공간적으로 떨어져 있지 않은 경우가 많다. 그래서 특정한 음소의 반복적 사용은 청각적으로 정형화된 소리구조를 갖게 된다. 앙리 메쇼닉은 "만약 리듬이 언어 활동 속에, 디스쿠르(discours: 담화, 말) 속에 존재한다면, 그것은 디스쿠르를 조직하는 힘이다"라고 말했다. 그는 리듬을 디스쿠르 속의 의미를 조직하는 힘으로 본 것이다. 이러한 디스쿠르의 효과는 프로조디(prosodie)가 일컫는 디스쿠르의 자음의 고유한 조직으로 발생한다.[8]

가령 이 시에서 'ㅅ'과 같은 자음계열체는 1연 1행의 '새삼 나무', '싹'과 2행의 '산에서, 온 새', 2연 1, 2행의 '산엣', '새', 3연 2행의 '벗고', 4연 1행의 '짜순'에서와 같이 연이어 반복되고 있는데 'ㅅ'은 혀끝을 치조나 경구개에 거의 붙이다시피 올려 날숨이 그 사이를 비집고 나오면서 마찰하여 나는 무성음으로서 가냘프고 앳된 느낌을 주는 자음이다. 이 특정한 음운의 반복은 소리의 반향을 일으키면서 전체적인 맥락 속에서 시의 정조를 생산한다. 다시 말해 'ㅅ'이라는 특정 음소의 반복은 이 시에서 '산에서 온 새'의 강세를 동반하고 핵심어가 된다. 결국 산에서 온 새가 봄날 이른 아침부터 우는 것이 맨발로 집을 떠난 누이를 떠올리게

---

8 조재룡, 『앙리 메쇼닉과 현대비평』, 도서출판 길 2007, 305~306쪽.

한다는 것으로 누나의 이미지는 '따순 봄날 날아와 우는 산엣 새'처럼 앳띠고 가냘프고 쓸쓸한 느낌을 주는 것이다.

「산에서 온 새」에서 2행 1연을 단위로 두 개의 행이 엮어내는 율독 단위 역시 리듬감을 부여하는데 두 개의 행은 서로 댓구를 이루어 시형의 균형미를 주고 있다. '파랑치마—빨강 모자', '눈—발'의 수평적인 병렬, 첫 연과 끝 연의 '담 위—이른 아침'이라는 공간과 시간의 나란한 병치는 "이른 아침 산에서 온 새가 울음 운다"와 연결하며 대칭을 이루고 있다. 시인은 이러한 대칭 구도로 시형에 리듬적 안정감을 주고 있는데 운율적 감각은 1연과 4연의 내용의 반복에서뿐 아니라 2연 1, 2행과 3연 1, 2행이 동일한 글귀(음성)를 반복하는 데서 나타난다. 이것은 1연과 끝 연의 진술적 묘사와 2연과 3연의 음성적 리듬의 구조가 각각 표면과 내면의 이미지를 그리고 있어 통합적이고 안정적인 의미를 만든다.

또한 이 시는 각행을 이루는 자수가 10음절로 이루어졌고 3음보의 단순한 동량 보격으로 볼 수 있지만 여기서는 4음격 음보와 5음격 음보라는 층량보격의 형식 원리로 읽을 수도 있다. 율독의 구체적 방법에 있어서 아래에 보듯 3연의 모양 시늉말인 '아른/아른'에 대한 음성 실현을 필자의 임의로 띄어 읽기를 했을 때 음독상 자연스럽지 않을 수 있다. 그런데 김대행은 시의 율격을 "여러 요소들의 관련 속에서 대상을 파악하는 태도"로 보았다. 다시 말해 우리 시의 율격이 "별도로 객관화되어 있는 실체라기보다는 시 작품 속에서 구체화되는 것"으로 보았던 것이다. 이 시의 1연 2행을 보더라도 "산에서 온/새가/울음운다"와 같이 마디를 구분할 수 있고 "산에서/온 새가/울음운다"로도 읽을 수 있는 것이다. 이것은 창작자나 독자라는 특정한 개인의 경향에 따라서 율격의 대립적 교체의 구체화가 가능함을 말해준다.[9]

---

9 김대행, 『우리 시의 틀』, 문학과 비평사, 1989, 16~18쪽.

새삼나무/싹이 튼·담우에
산에서 온/새가·울음운다.

산엣 새는/파랑치마·입고.
산엣 새는/빨강모자·쓰고.

눈에 아른/아른·보고 지고
발 벗고 간/누이·보고지고.

짜순 봄날/이른·아츰부터
산에서 온/새가·울음운다.

　　성기옥은 층량 2보격에 대해 말하는데 성기옥이 강조하는 층량 2보격
의 형태상의 특징은 다음과 같다.[10]

층량 2보격	가	두 개의 음보로 이루어진다.
	나	두 음보 뒤에는 각각 음보말 휴지와 행말 휴지가 하나씩 온다.
	다	첫째 음보 첫 음절에 율동 강세가 오는 경향성을 지닌다는 점에서 동량 2보격과 큰 차이가 없다.

　　"4음 2보격이 2보격으로서의 단일한 성격을 특징으로 하고 있다면 층
량 2보격은 복합적이다." 가령 위의 시처럼 4·5음절형에 파격이 생겨
뒷 음보가 기준 음격(5음격)보다 1음격이 늘어났거나 그것이 두 개의 음
보로 분할됨으로써 3보격의 응축에 의한 변형물로 볼 수 있는 것이다.
다시 말해 4·5음 2보격이 마지막 음보를 확대시킴으로써 3보격적 성격

10 성기옥, 『한국시가율격의 이론』, 앞의 책, 232~251쪽.

을 끌어들인 것이다. 그러므로 3보격적 속성을 내재하고 있는 2보격인 것이다. 2보격이면서 3보격적 속성을 내재하고 있다는 사실은 그것이 특히 리드미컬한 짝수보격(2보격)이면서 홀수보격(3보격)적 속성을 공유해야 한다는 것이다. 이것은 층량 2보격의 이중적 성격을 단적으로 드러내주는 것이다. 말하자면 층량 2보격은 2보격으로서의 안정성을 바탕으로 하면서도 비안정적 감정 상태를 특징적으로 보여주는 3보격적 율동 특성까지 강하게 반영하고 있는 것이다.

　한편 위의 시는 일본 7·5(4·3·5 혹은 3·4·5)조의 전형성을 벗어난 형태 (4·3·3⇒4·5(+1), 4·2·4⇒4·5(+1), 4·4·2⇒4·5(+1))이지만 이러한 층량 2보격(4·5)이나 층량 3보격(4·4·5) 율동은 우리에게 친숙한 운율 형태로 민요조 작품으로 많이 쓰여졌다. 그동안 한국 7·5조 율동은 일본 율조의 한국적 수용으로 인식되어 왔는데 이것은 1908년 육당 최남선의 「경부철도노래」에서 비롯된 일본 7·5조의 직접적인 이식으로 이해하는 견해가 뿌리깊게 자리잡고 있기 때문이다. 하지만 성기옥은 「경부철도노래」 이전, 다시 말해 고려 후기부터 우리나라에는 층량 3보격적 율동이 뚜렷하게 존재해왔음을 자료를 통해 입증하고 있다. 가령 고려 속요인 「사모곡」, 「정읍사」, 「이상곡」이 3·3·5음절로 6·5조로 불리고 「서경별곡」, 「정석가」, 「청산별곡」 등이 3·4·5, 4·3·5음절인 7·5조가 된다. 4·4·5음절인 8·5조는 「이상곡」, 「정석가」 등이 있다. 고려시대 이후 조선시대에 들어와서 층량 3보격적 율동이 드러나는 것은 「용비어천가(龍飛御天歌)」가 있고 조선 전기 성종 때 간행된 『두시언해(杜詩諺解)』에서는 층량 3보격적 율조가 더 안정된 양상으로 표현되고 있다. 이러한 고려 속요나 사설시조는 민요적 요소가 강하게 개입되는데 1920년대부터 많이 나타나는 민요조에도 층량 3보격적 율동이 드러나고 있어 우리에게 친숙하게 다가오는 것이다. 정지용 역시 7·5조의 일본적 영향을 의식하지 않고 층량보격을 사용하여 자유로운 감정을 표출하는 것이다.[11]

위 시를 층량 2보(4·5음)격으로 읽었을 때 형태 변형의 과정을 통해 2보격과 3보격의 중화에 의해 새로운 성격을 파생시킨다는 것을 알 수 있다. 이렇게 '층량보격'은 "양식사적 흐름의 주류를 이루는 정통적 산물이라기보다 오히려 변칙적인 산물"[12]에 가깝다. 정지용은 「바다」나 「지는 해」, 「띠」, 「산너머 저쪽」, 「홍시」, 「병」, 「별똥」, 「겨울」, 「호수 2」, 「유리창」, 「해협」 등 그의 초기시에서는 층량보격이 아닌 동량 2보격 대응의 정형적 형식을 많이 사용하였다. 하지만 동시와 민요풍으로 창작을 하던 지용의 초기시에서도 이미 정형율격의 새로운 변형의 조짐을 나타내고 있음을 아래의 2보격 혹은 2보격 대응의 시들과 대조하여 살펴볼 수 있다.

오리 목아지는
湖水를 감는다

오리 목아지는
자꼬 간지러워

—「湖水 2」 전문, 『정지용 시집』, 69쪽

琉璃에 차고 슬픈것이 어린거린다
열없이 붙어서서 입김을 흐리우니
길들은양 언 날개를 파다거린다
지우고 보고 지우고 보아도
새까만 밤이 밀려나가고 밀려와 부디치고

—「琉璃窓 1」 부분, 『정지용 시집』, 15쪽

11 성기옥, 위의 책, 253~289쪽.
12 성기옥, 위의 책, 234쪽.

하늘이 함폭 나려 앉어

큰악한 암탉처럼 품고 있다

—「海峽」부분, 『정지용 시집』, 22~23쪽

비 ㅅ 방울 나리다 누뤄알로 구을러

한 밤중 잉크빛 바다를 건늬다

—「겨울」부분, 『정지용 시집』, 71쪽

전통 시가는 이처럼 2보격 대응이 3보격 대응보다 많은데 그 예로 시조나 가사, 고대 소설 등이 그러하다. 지용 역시 2보격 대응의 고전적 요소를 채용하면서 「산에서 온 새」처럼 새로운 변형의 층량 2보격 형식을 도입하기도 한 것이다. 정형적 템포를 형성하는 2호흡마디의 시는 위의 시편들 외에 「지는 해」, 「띠」, 「홍시」, 「병」 등이 있다. 이러한 몇몇 시편을 제외한 대부분의 시는 형식론에 해당하는 소리와 의미론의 결합을 지향하여 정형시에서 파생된 자유시의 리듬을 얻고 있다. 정형적 리듬을 변주하여 비정형적 양상을 보이는 정지용의 「굴뚝새」를 살펴보자.

굴뚝새 굴뚝새

어머니 -

문 열어놓아주오. 들어오게

이불안에

식전 내 - 재워주지

어머니 -

산에 가 얼어죽으면 어쩌우

박쪽에다

숯불 피어다주지

—「굴뚝새」전문, 『신소년』(1926.12)

　위의 시는 1연은 5행, 2연은 4행으로 구성되어 있다. 1연에서 각 행의 호흡마디는 차례로 2호흡, 1호흡, 3호흡, 1호흡, 2호흡마디이고 2연에서 다시 1호흡, 3호흡, 1호흡, 2호흡마디로 자유롭게 변주된다. 그것을 통사적 차원에서 보면 "굴뚝새/굴뚝새/어머니", "문/열어놓아주오/들어오게/", "이불안에/식전 내/재워주지"와 같이 3음보 율격을 기본으로 하고 있지만 행가름을 통해 율독의 호흡에 변화를 주고 있다.

　또한 「굴뚝새」는 교환창으로 선창자가 사설하면 후창자가 이어받아 맥락을 전개하는 대화의 방식으로 진행된다. 김대행은 교환창의 여러 유형을 소개하는데, 앞에서 노래한 내용에 대한 논평이 뒷사람에 의해 이루어지는 제주 노동요 중 한 편을 예로 들어 살펴보면 다음과 같다.

갑: 어떤 사름은 팔즈나 좋앙
을: 흐고 말고 다 흘 수 있나
갑: 고대광실 늬 끈집에
을: 잘도 흔다 잘도 흔다
갑: 멍에 느진 좋은 밧테
을: 아이고 요놈은 보리만 시상에 흘타난 놈이여
갑: 하드레 더럼아 홍에로다
을: 힘도 좋앙 노상 해여봐도
갑: 앞에 보난 정동화리
을: 보리 흘트멍 정동화리 노민 더워서 못산다
갑: 뒤엔 보난 쪽지벵풍
을: 점점 보라 이 소리 점점

—「보리 흝는 노래」[13]

위의 노동요는 교환창으로 갑이 을에게 팔자가 좋다고 놀리듯 말을 하면 후창자인 을은 선창자인 갑이 힘 좋게 일을 잘한다고 하면서 자신은 갑처럼 그렇게 하지 못한다고 대꾸한다. 갑이 보리 홀타난 사람으로 태어난 것처럼 힘이 좋다고 맞받는 것이다. 그러면서 자신은 더워서 그일을 못 한다고 말한다. 다른 언어를 기술하거나 분석하는 데 쓰는 언어를 '메타언어'라 할 때 위의 민요에도 메타언어가 쓰이고 있다. 가령 "앞에 보난 정동화리/보리 홀트멍 정동화리 노민 더워서 못산다"와 같이 갑이 한 말을 을이 이어받아 분석하듯 기술하는 것이다. 권혁웅 역시 "병행성은 대창(對唱)을 가능하게 하는 특질로 가장 오래된 음악적 자질 가운데 하나"라고 보았으며 "구약성서의 「시편」과 『시경(詩經)』에서 그 예"를 들어 보인다.[14]

중. 중. 째재 중.
우리 애기 까까머리.

질라라비 훨 훨.
제비색기 훨 훨.

쑥 쓰더다가
개피적 만들어

호. 호. 잠질여 노코
냠. 냠. 잘도 먹엇다.

13 김대행, 『노래와 시의 세계』, 도서출판 역락, 1999, 167~168쪽.
14 권혁웅, 앞의 책, 433~434쪽.

중. 중. 째째 중.

우리애기 상제 로 사갑소.

—「三月 삼질날」 전문, 『조선동요선집』(1928), 36쪽

각 행이 2음보의 2행 5연으로 된 이 시는 "질라라비 훨 훨./제비색기 훨 훨."과 같이 유사 시행 반복과 '호.호'나, '냥.냥', '중. 중. 째째 중.'과 같은 음성상징 등의 여러 요소들이 복합적으로 작용하여 리듬 효과를 가져온다. 보통 4음보는 무거워 시조처럼 느리고 유장한 느낌을 주지만 2음보는 경쾌하고 가벼워 이 시에서처럼 아기 스님의 모습을 표현하는 데 효과적이다.[15]

우리 한국 시가의 리듬은 본래 음수율에서 시작되었다. 이러한 음수율은 3·4조의 시조나 7·5조의 민요에서 찾아볼 수 있다. 한국어의 특성은 어미 변화가 많다. 그래서 서양의 이론을 그대로 적용하면 맞지 않는 부분이 많다. 이러한 음수율은 호흡의 단위로 설명되는 음보율로 옮겨오게 된다. 가령 "태산이/높다하되/하늘아래/뫼이로다"(양사언(梁士彦, 1517~1584)나 "가노라/三角山아/다시 보쟈/漢江水야"(청음(淸陰) 김상헌(金尙憲, 1570~1652))와 같은 시조는 2음보 대응 연첩으로 4음보의 형태를 보이고 "아리랑/아리랑/아라리요//아리랑/고개로/넘어간다"(한국의 구전민요)와 같은 민요는 3음보율을 보여준다. 위의 시조는 한 행에서 네 번 호흡을 끊어 읽고 민요는 한행에서 세 번 호흡을 끊어 읽는데 이러한 음보율은 근대 이전 한국 시가의 실정과 잘 맞아서 당시 한국 시가의 주요한 이론이 되었다.

---

15 정지용의 '동요 민요풍'의 시 23편 가운데 4·4조와 3·3조의 규칙성을 보이는 시로는 「지는 밤」(4·4조 2음보격), 「띠」(4·4조 2음보격), 「홍시」(4·4조 2음보격), 「별똥」(3·3조 2음보격), 「산에서 온 새」(1행 10음의 3음보격), 「병」(2음보격) 등이 있다. 정지용의 나머지 자유시들은 부분적인 규칙성을 보이거나 띄어쓰기, 여백, 통사구조와 음운구조의 반복, 음성상징 등으로 리듬 효과를 살리고 있다.

1920년대 김억과 김소월은 이러한 음보율에 따른 민요적 리듬을 가져와 현대시에 접목시킨다. 한국의 민요조를 적절하게 활용해 한국의 현대시 형성에 기여한 김소월의 「진달래꽃」의 경우 "나 보기가/역겨워/가실때에는//말없이/고이/보내/드리오리다"와 같이 3음보격이 잘 드러나는 시이다. 그런데 지용은 한 발 더 나아가 위의 「굴뚝새」처럼 기본적인 음보를 변용하여 자유로운 율격 속에서 시상의 극대화를 이룬다. 이렇게 본다면 지용의 근대 자유시의 특장은 우리의 전통 율격을 창조적으로 계승하여 다양한 의미를 세밀하게 전달하는 데 있다고 볼 수 있다.

　　　이 아이 는 고무 쌀 을 짤어
　　　흰 山羊 이 서로 불으는 푸른 잔디 우로 달니는 지도 몰은 다

　　　이 아이 는 범나븨 뒤를 그리여
　　　소소라치게 위태한 절벽 갓 을 내닷는 지도 몰은 다.

　　　이 아이 는 내처 날개 가 도치
　　　숫잠자리 제자 를 슨 한울 로 도는 지도 몰은 다.

　　　(이 아이 가 내 무릅 우에 누은 것이 아니라)

　　　새 와 꼿, 인형 납병정 기관차 들 을 거나리 고
　　　모래 삿 과 바다, 달 과 별 사이 로
　　　다리 긴 王子 처럼 다니는 것 이려 니,

　　　(나 도 일즉이, 점두록 흘으는 강 가에서
　　　이 아이 를 쯧 도 아니 한 시름 에 겨워

풀피리 만 씨즌 일 이 잇다)

아 아이 의 비단ㅅ결 숨ㅅ소리 를 보 라.

이 아이 의 씩씩 하고 도 부드라운 모습 을 보 라.

이 아이 입술 에 깃 드린 박ㅅ꼿 우슴 을보 라.

(나 는, 쌀, 돈셈, 집붕 샐 것이 문득 마음 키인 다)

반딋ㅅ불 하릿 하게 날 고

지렁이 기름ㅅ불 만치 우는 밤,

모와 드는 훗훗한 바람 에

슬프 지도 안은 태극선 자루 가 나붓기 노니.

─「太極扇에 날니는 쑴」 전문, 『조선지광』 70호(1927.8), 21~22쪽

이 시는 반복과 병렬의 복합적 리듬 실현을 보여주는 예이다. 시의 리듬은 오직 소리에 의해서만 만들어지는 것이 아니라 대구(對句)와 같이 의미의 규칙적 배열로도 형성된다. 1~3연까지 동일한 문장 성분이 나열되면서 다양한 이미지가 열거된다. 1연과 2, 3연에서 관형형 어미 '~는'이 반복되면서 같은 통사구문임을 알 수 있다. 반복되는 조사 '~는'에 의해 형성되는 리듬은 일정한 패턴을 형성하는데 '이 아이는~모른다'와 같이 주어와 서술어의 호응은 큰 반복을 이루면서 1, 2, 3연의 각 행이 은유적 병치관계를 이룬다. 어떤 규칙성을 고려해서 배열하면 의미나 이미지도 그 나름의 리듬을 만들어내게 되는 이치와 같다.

5연에서의 병치는 한 행 안에서 이루어지는데, 아이는 화자의 무릎에 누운 아이가 아니라 화자의 상상 속에서 움직이고 있다. 대상에 대한 화자의 상상은 '푸른 잔디 위', '절벽', '하늘' 등 장소 하나하나 열거하면

서 변주된다.

아이가 가지고 있는 '새', '꽃', '인형', '납병정', '기관차'와 같이 명사 각각의 생물과 물건을 병렬로 이어가면서 소단위의 반복을 하고 있다. 이러한 이미지들의 나열은 아이의 자유로운 공간을 떠올리게 하면서 리듬을 형성한다.

한 문장 안에서 기본이 되는 문장 "이 아이를 보라"의 내용을 부연 설명하는 7연에서는 행 단위로 관형격 조사 '의'가 두 번 반복되고 3행에 와서는 조사 '~에'로 변주되고 있다. 1행과 2행에서 반복되는 조사 '의'는 리듬의 시각적 표시가 되어 '비단결 숨소리', '보드라운 모습', '박꽃 웃음'의 수식어와 연결된다. 리듬은 '아이'를 수식하는 이러한 문구들의 적층으로 형성되고, 그 속에서 아이의 환한 이미지와 생명력이 살아난다. 화자는 아이의 잠든 모습을 반복에 의한 리듬으로, 순결하고 부드럽게 살려내고 있다.

그런데 시적 주체가 바라보는 대상의 활달하고 자유로운 정서와 밝은 모습에 대하여 8연에서 보는 것처럼 걱정하는 가장으로서 시적 화자의 모습은 이 시 전체 내용의 댓구를 이루어 의미를 형성한다. 아이의 모습을 부분적인 반복과 병치의 구성으로 자유자재로 보여주었듯이 '쌀', '돈셈', '지붕 샐 일' 등과 같이 생활의 시름에 겨워하는 아버지의 모습을 행단위의 병렬을 사용하여 실감 있게 보여주는 것이다.

끝 연에서도 '반딧불'과 '지렁이'를 병치하여 시적화자가 처한 조촐하면서 자연스러운 공간을 비추고 있다. 이것은 행과 연 단위에서의 반복과 병치가 전체 내용의 댓구를 이루면서 복합적 리듬을 형성, 그 의미를 확장하는 예라고 할 수 있다.

돌아 보와 야 언덕 하나 업다. 솔나무 하나 찌는 풀닙 하나 업 다.
해 는 한울 한 복판 에 白金독아니 처럼 슬코,

쏭그란 바다 는 이제 팽이 처럼 돌아 간다 갈매기 야, 갈매기 야. 늬
는 고양이 소리 를 하는구나.

고양이 가 이런데 살니야 잇나. 늬는 어데서 낫 니?

목 이야 희기 도 하다. 나래 도 희다. 발톱 이 쌕굿 하다. 쒸는 고기 를
문다.

흰 물결 이 치여들 쌔 푸른 물ㅅ구비 가 나려 안질 쌔.

갈매기 야 갈매기 야. 아는 듯 몰으는듯 늬 는 생겨 낫 지?

내 사 검은 밤ㅅ비 가 섬ㅅ돌 우에 울 쌔 호롱ㅅ불 아페 낫다 더라?

내 사 어머니 도 잇다. 아버지 도 잇다. 그 이 들 은 머리 가 희시다.

나 는 허리 가 간은 청년 이라. 내 홀로 사모한 이 도 잇다.

대추나무 쏫 피는 동네 다 두고 왓 단 다.

갈메기 야. 갈메기 야. 늬 는 목 으로 물결 을 감는다. 발톱 으로 민다.

물 속 을 든다. 솟는다. 써돈다. 모 로 날은다.

늬 는 쌀 을 아니 먹고사 나? 내 손 이야 짓 부푸러 젓다.

水平線 우에 구름 이 이상 하다. 돗폭 에 바람 이 이상 하다.

팔쭉 을 씨 고 눈 을 감엇다. 바다 의 외로움 이 검은 넥타이 처럼 만저 진다.

—「갈매기」 전문, 『조선지광』 80호(1928.9), 63~64쪽

이 시에서 9행까지 갈매기의 대등한 이미지를 차례로 나열하여 병치
하는 병렬적 대구를 형성한다. 이런 병행구문은 11행의 어머니—아버지
로 이어지고 이들의 머리가 흰 것은 앞 행의 갈매기의 목과 나래가 희다
는 것과 비견된다.

또 이 시는 동일한 통사구조가 반복되는데 14행~15행 "늬는 목으로
물결을 감는다/발톱으로 민다/물속을 든다/솟는다/써돈다/모로 날은
다"와 같이 병렬저 구성으로 갈매기가 행히는 여러 가지 모습들을 형상
화한다. 1행에서 '언덕하나'—'솔나무 하나'—'풀잎 하나'의 계열은 쇠락

한 환경의 등가적 병렬이고 3행의 '바다'는 팽이처럼 돌아가며 끓고 있는 해를 사이에 두고 병존한다. 6행의 '목'—'나래'—'발톱'이 희고 깨끗한 갈매기의 이미지로 병치되고 이것은 누군가를 홀로 사모한 '허리가 가는' 화자의 이미지를 연상시킨다. 이러한 상징적 등가성의 병존은 '척박한 환경에서 태어난 갈매기'와 '희고 깨끗한 갈매기'/'밤비 우는 호롱불 앞에 태어난 화자'와 '허리가 가는 화자'같이 갈매기와 화자를 대등한 이미지로 병치하여 이 시 전체의 병렬적 대구를 이룬다.

2. 소리의 배치와 시적 형상화

1) 음운적 차원의 형태와 소리의 배열 양상

소쉬르는 기호를 시니피앙과 시니피에라는 두 측면으로 나누는데 '청각적 이미지(image accoustique, sound-image)'를 시니피앙, '청각적 이미지'를 발음하게 될 때 떠오르는 개념을 시니피에로 정의하고 있다. 소쉬르가 제기하는 '시니피앙' 개념은 '청각'과 '이미지'를 포괄하는 것으로 '시니피앙'은 '듣는 행위'와 '보는 행위'의 서로 상충된 의미를 내포한다. 다시 말해 '시니피앙'이라는 한 단어가 '듣다'와 '보다'를 각각 포괄하는 '청각'과 '이미지'라는 합성명사로 이루어져 있다는 것이다.[16]

정지용은 사물을 섬세하게 관찰하고 언어로 예리하게 형상화한다. 아래에 이어지는 시에서 시인은 'ㄴ', 'ㅁ', 'ㅇ'이라는 유성자음이나 'ㄹ'과 같은 유음을 반복적으로 사용함으로써 부드럽고 밝은 분위기를 이끈다.[17] '가을', '쌔- ㅇ', '잔디', '함쌕', '짜알리아', '암사슴', '물오리', '못물'

---

16 조재룡, 앞의 책, 20~25쪽.
17 장철환은 활음조(euphony)와 악음조(cacophony)가 발생하는 원리를 설명하는 과정에서 공명

등 보드랍고 밝은 음성적 효과는 이 시의 분위기를 밝고 부드러운 느낌을 들게 한다. 이렇게 한 편의 시에서 반복적으로 출현하는 음소는 음성 차원뿐 아니라 의미론적 요소와 관련을 맺는데, 음운이 가진 성격이 시 텍스트 전체에서 유력한 자질이 되기 때문이다.[18]

가을 볏 째—ㅇ 하게
내려 쬐이는 잔디 밧.

함쌕 피여난 짜알리아
한나제 함쌕 핀 짜알리아

기집아이 야, 네 살빗 도
익을 대로 익엇 구나.

젓가슴 과 붓그럼성 이
익을 대로 익엇 구나.

기집아이 야, 순하듸 순하여 다오
암사슴처럼 쒸여다녀 보아라.

물오리 써 돌어다니는

도 분석이 시어가 지닌 미적 자질을 밝혀 준다고 하였다. 장철환, 「격론 비판과 새로운 리듬론을 위한 시론」, 『현대시』, vol, 20-7 통권 235호, 한국문연, 2009, 150~152쪽.
18 유리 로트만은 "음운론적 반복은 시 텍스트의 가장 낮은 구조적 차원으로 그 음소는 아직도 확립되기 않은 단위, 말히지면 '빈 딘이'기 된다. [⋯중략⋯] 그러나 소리의 반복들은 상당히 너 객관적 분석의 여지가 있는 또 다른 의미론적 의미를 가지고 있다."고 하였다. 유리 로트만, 유재천 옮김, 『예술 텍스트로의 구조』, 고려원 1991, 164~165쪽.

흰 못물 가튼 한울 미테

함쏙 픠여나온 짜알리아.
희다 못해 터져 나오는 짜알리아.

— 「Dahlia」, 『신민』 19호(1926.11), 70~71쪽. 『시문학』 1호(1930.3)에 재수록

이 시에서 동일한 음소와 단어, 시행의 반복적 사용은 시의 호흡에 질
서를 부여하고 따알리아의 일관된 분위기를 형상화한다. 이와 같은 시
니피앙의 '청각적 특성'에 토대를 둔 시적인 시도는 "근본적으로 텍스트
자체에 귀를 기울여 그 결을 헤아리며, 무언가를 '들을 때' 발생하는 '의
미생산과정'에 초점을 맞추게" 된다. 강세가 디스쿠르 내에서 집중적으
로 드러나는 현상은 시니피앙과 시니피에를 분리하지 않고 하나로 간주
할 때 가능하다. 메쇼닉에게 이 시니피앙의 시학은 하나가 하나에 종속
되는 체계 속에서 타자의 정체성을 조종하는 것이 아니라, 디스쿠르라
는 시스템 내에서 스스로의 조합과 축적으로 매번 '의미의 시스템'을 만
들어내는 것과 동일한 논리이다.[19] 그런데 김대행은 압운을 "음성단위로
형성되는 효과"로 보면서 한국 시가에서 각운의 어려움을 말한다.

우리말은 '부착어(附着語)'여서 대부분의 문에 있어서 서술어는 문의 末尾에
오며, 또 敍述語는 용언형(用言形)이거나 체언(體言)이거나 接尾辭를 동반하게
된다. 이 接尾辭가 동일한 音을 지니는 것은 동일한 形態素일 때이다. 따라서
押韻이 音聲論의 차원인 한 韓國 詩歌에서 적어도 脚韻은 어려웠던 것이다.[20]

---

19 앙리 메쇼닉은 리듬을 '디스쿠르 전체를 조직하는 힘'으로 파악한다. 조재룡, 앞의 책, 2007.
20 김대행, 「압운론」, 김대행 엮음, 『운율』, 문학과 지성사, 1984, 26~27쪽; 김대행, 『한국시가구조
연구』, 앞의 책, 47쪽.

어미변화가 심한 우리말의 특성으로 옛날부터 우리의 전통시가는 정형시임에도 불구하고 외국의 정형시와 다른 율격을 가지게 되었다. 김대행은 악센트가 있는 음절과 악센트가 약한 음절이 교체되면서 만들어지는 서구의 음보율에 비해 교착어인 탓으로 서술어가 말미에 오는 우리말은 하나의 문장을 음보로 분할하면 각운의 가능성이 사라진다고 주장하였다. 이에 대해 권혁웅은 각운이 아닌 '두운', '중간운', '모운', '자운'의 경우나 행을 바꿀 때의 휴지가 하나의 문장 구실을 할 때 등의 예를 들면서 한국어가 압운을 허용하지 않는다는 주장은 철회되어야 한다고 보았다. 그는 "압운은 어휘나 통사구조와의 일치가 아니라 그것들과의 위반에서 주로 효과를 발휘"한다고 보고 음절, 어절, 문장 나아가 "한 편의 시를 구성하는 언술 전체에 드러나는 음운의 반복은 압운의 가능성을 품고"[21] 있다고 하였다.

하지만 김대행 역시 "接尾辭가 없이 體言만으로 끝난다든가 하는 수법에 의해서라면" 국어의 특질에도 불구하고 '압운의 장애는 극복될 수 있다'고 보았다. 그 역시 한국 시가에서 각운이 아닌 여타의 운, 가령 두운(頭韻 alliteration), 중간운(中間韻 internal thyme 또는 母韻 assonance, 子韻 consonance)의 가능성을 역설하였는데 가령 송욱의 「쥬리에트」를 예로 들면서 두운의 가능성을 강조하였다.

밤하늘에 부딪친 번개 불이니
바위에 부서지는 바다를 간다

—송욱, 「쥬리에트」 부분[22]

이 시에서 계속해서 나오는 'ㅂ' 파열음은 시인의 격렬한 정서와 부합

---

21 권혁웅, 앞의 책, 431쪽.
22 송욱, 『하여지향(何如之鄕)』, 일조각, 1961.

되고 있는데 김대행은 이러한 압운이 "단순한 장치가 아니라 내포(conno tation)를 형성하고 제시하는 구실까지도 하는 것"이라고 하였다.[23] 김대행은 또한 김소월의 「千里 萬里」에서 압운의 기능이 제대로 들어맞지 않는 예를 보여주며 시인들이 감정의 문맥을 압운의 기능을 통해 제대로 살려 나가기를 바라고 있다.

> 말리지 못할 만치 몸부림 치며
> 마치 천리 만리나 가고도 싶은
> 맘이라고나 하여 볼까
>
> —김소월, 「千里 萬里」 부분[24]

이 시행에서 계속해서 드러나는 'ㅁ'음은 유성자음으로 경쾌한 음성상징을 지니는데 이 시의 의미는 '정신적인 고뇌로 멀리 달아나고 싶은 마음'이므로 내포된 시적 정서와 압운의 리듬이 부합되는 것이 아니다. 김대행이 "시행의 정서에 연합할 수 있는 음의 반복이라야 그 존재 의미를 부여 받을 수 있다"는 것을 강조하는 것은 역설적으로 압운의 가능성을 보여주는 것이다.[25]

지용의 시 「Dahlia」 5연에서는 'ㅅ'음의 반복이 드러나는데 "계집아이야/순하디/순하여다오//암사슴처럼/뛰어다녀/보아라"에서 '따알리아'에 비유되는 '계집아이'의 이미지가 '암사슴'처럼 순하게 전달된다. 자음계열의 음운이 시의 리듬을 이루는 시니피앙의 반복 체계로 드러나면서 의미의 조직과 조응하거나 화자의 정서와 감정을 고양하고 있다.

동음 반복은 위와 같이 소리의 조직에 의한 효과를 드러내는데 1930

---

23 Richard Monaco & John Briggs, *the logic of poetry*, Mc Graw-Hill, 1974, p.57. 김대행, 「압운론」, 앞의 글, 50쪽에서 재인용.
24 김소월, 『김소월 시집』, 범우사, 1984, 69쪽.
25 김대행, 「압운론」, 앞의 글, 50쪽.

년 정지용(鄭芝溶), 박용철(朴龍喆) 등과 함께 『시문학(詩文學)』 동인으로 활동한 김영랑의 시 「돌담에 속삭이는 햇발」의 둘째 연에는 "보드레한 에메랄드 얇게 흐르는"이라는 대목이 나온다. 여기서 'ㅔ'의 동음 반복이라는 소리의 겹침이 특별한 음악적 효과를 빚어내고 있다. '에메랄드'라는 보석은 사실 이 시행에서 느껴지는 것처럼 보드랍지도 않고 얇게 흐르는 실비단 하늘 같은 느낌이 들지도 않는다. 단단한 보석이 'ㅔ' 모음의 교묘한 방법의 조직으로 보드라운 느낌을 만들어낸 것이다.

위의 시 2연의 "함빡 피어난/따알리아//한나제/함빡 핀/따알리아"에서도 특정 모음 'ㅏ'의 반복적 사용으로 시에서 밝은 분위기를 느끼게 된다. 정지용 시의 중성 중에서 저모음 공명도가 있는 'ㅏ'의 사용 빈도수는 전체 비율 중에 25.3%로 가장 높다.[26] 그만큼 '따알리아' 음성상징의 활용에서 보듯 공명도가 높은 언어의 모음적 조직이 시의 분위기와 정조, 의미의 조직으로 이어짐을 알 수 있다.

또한 「Dahlia」 2연 1행과 2행의 "함빡 피어난 따알리아/한낮에 함빡 핀 따알리아"와 7연에 가서 "희다 못해 터져나오는 따알리아"는 따알리아가 개화하는 과정을 점층적으로 표현하여 시의 리듬을 이루고 있다. 이것은 호흡의 불규칙한 템포로 변주를 가져오는 것이다. 이 외에도 정형적 리듬에 변화를 주는 부분은 전체 시행이 대체로 2호흡마디를 구성하는 데 비해 2연 2행과 7연 2행이 3호흡마디를 이루고 있는 부분이다.

또 동일한 구문의 반복적 구조가 이 시의 리듬을 형성하는 원칙으로 나타나는데 2연 1행과 7연 1행은 동일한 행을 반복하여 함빡 피어나는 계집아이의 화사한 모습을 떠올리게 한다. '따알리아'에 방점을 찍어 반복함으로써 정조의 강세를 두드러지게 하는데 그것이 3연과 4연 끝행의 '익었구나'와 연결되어 이 시 전체의 분위기로 이어진다. 마지막 연 마

---

26 조성문, 「정지용 시의 음운론적 특성 분석」, 『동북아 문화연구』 제22집, 동북아시아문화협회, 2010, 8쪽.

지막 행의 희다 못해 터져 나오는 싸알리아는 그러한 감정의 고조를 전해 주려는 시인의 의도로 리듬과 의미가 조응하는 것을 보여준다.

우리는 언어 안에서 인간과 인간, 인간과 세계, 정신과 사물을 연결해주는 매개를 본다. 양자간의 매개로서의 언어는 충돌·영향·개입·대화·제약 등 줄여 말하자면 인간의 삶 자체를 관장하고 있다. [···중략···] 언어가 단순한 형식이 아니라 의미(semantique)의 문제를 이루게 될 때 사회 진입과 세계 인식이 가능하며, 나아가 이는 인간에게 사고의 가능성과 의식의 발전을 가능하게 해 주는 전제 조건이다.[27]

에밀 벤브니스트(E. Benveniste)의 관심은 각 언어요소를 '불변의 무엇'처럼 인식해온 기존의 언어 연구에 어떻게 상황과 '행동'이라는 개념을 포함시킬 수 있느냐에 놓여 있었다. 메쇼닉 역시 '형식/의미', '시/산문', '육체/정신', '삶/언어활동' 등과 같이 이분법적 패러다임을 뛰어넘으려는 시도를 통해 "시니피에와의 대립 속에서 설정된 시니피앙 개념을 즉각 취소"하고자 하였고 이러한 시니피앙의 시학은 리듬 이론을 통해 총체적인 하나의 시학으로 발전시키고자 한 것이다. 결론적으로 벤브니스트나 메쇼닉에게 리듬은 "이분법에 토대를 둔 템포나 박자, 일정한 회귀나 규칙성과는 전적으로 다른 개념으로 파악"[28]되는 것이다.

산에ㅅ 새는 산 으로.
들녘 새는 드을 로.

산에ㅅ 색시 잡으러

---

27 E.Benveniste, *problémes du linguistique generale Ⅱ*. Gallimard, 1974. p.224.
28 조재룡, 앞의 책, 230~231쪽.

산 에 가세.

작은재를 넘어서서
큰봉 에를 올라서서

『호―이!』
『호―이!』

산에ㅅ 색시
날래기가 표범 갓다.

치달려 달어나는
산에ㅅ 색시
활을 쏘와 잡엇습나?

아아니다.
들녘사내 잡은 손은
참아 못 노터라.

산에ㅅ 색시
들녘 쌀을 먹엇더니
산에ㅅ 말을 이젓습데.

들녘 마당에 밤이 들어
화투ㅅ불 넘어ㄹ 부면

들녘 사내 슨우슴 소리

산에ㅅ 색시

얼굴 와락 붉엇더라.

—「산에ㅅ 색시, 들녘사내」전문, 『문예시대』 1호(1926. 11), 60쪽

시의 특수성이 "언어활동에 의한 '의미생성' 과정을 모색하는 것"[29]이
라면 이 시는 띄어쓰기에 의한 의도적인 분절과 음가의 연장으로 의미
를 생성한다. 다시 말해 호흡마디의 변화를 유발하면서 정조를 강조한
다. "산 으로"에서 띄어쓰기를 통해 분절되는 명사 '산'을 강조하고 1연
의 "드을 로"나 6연의 "아아니다"와 같이 음가의 연장에 의해 시적 리듬
을 달리하고 있다. 이것은 시인의 의도적인 행위로 율독 속도에 변화를
줌으로써 시의 정조나 이미지가 달라지고 있음을 보여준다. 가령 '드을
로'에서 음가의 연장으로 '넓은 들녘'의 이미지를 형상화하고, 6연의 '아
아니다'에서는 치달려 달아나는 산엣 색시를 잡아왔지만 산엣 색시가
들녘사내의 손을 놓지 못하는 것으로 보았을 때 전적으로 들녘 사내를
싫어하는 것만은 아님을 강조하는 것이다. 이와 같이 의미론적 강화를
도모하는 것은 음지속량의 관계와 비례하는데 이러한 템포의 변주를 보
여주는 것은 호흡마디의 변주와 불규칙한 시행에서도 드러난다.

1연에서 보면 "산에ㅅ 새는 산 으로./들녘 새는 드을 로./산에ㅅ 색시
잡으러/산 에 가세."와 같이 마찰음 'ㅅ'이 1행에 네 개, 2행에 하나, 3행에
세 개, 4행에 두 개나 나온다. 이 'ㅅ' 자음이 'ㅏ' 모음이나 'ㅐ', 'ㅔ' 모음과
어울려 가벼운 리듬감을 형성한다. 이러한 호음조 현상은 3연의 "『호―
이!』/『호―이!』" 의성어에서도 나타난다. 지용은 작품마다 독자적인 리듬
을 가지는데 이 시에서는 마찰음 'ㅅ'처럼 음운현상에서 오는 고유한 리

---

29 E, Benveniste, op.cit, p.224.

듬감이나 음성상징이 가지고 있는 리듬감을 살려 의미를 표현한다.

또한 1연에서 3연까지는 2호흡마디의 안정적인 리듬을 형성하는데 3연의 "산엣 색시/날래기가 표범/같다"에서는 3호흡마디로 호흡패턴에 변화를 주고 있다. 2호흡에서 3호흡마디로 바뀌면서 율독의 빠르기도 빨라져서 빠른 표범의 움직임을 이미지화한다. 또 각 연이 4행, 2행, 3행 불규칙한 시행을 이루어 시행의 흐름에 따라 시의 이미지나 정조가 달라지고 있음을 볼 수 있다. 이것은 정지용이 1927년을 기점으로 의미론적 요소와 긴밀히 호응하는 리듬에 대한 다양한 실험적 행위를 함으로써 비정형적 자유시를 선보인 한 예가 된다.

2) 사물과 소리의 대응

지용의 시 「하눌 혼자 보고」에서 화자는 부엉이가 우는 쓸쓸한 날이면 시집간 누나를 생각한다. 『어린이』 4권에 실린 정지용의 위의 다른 시 「산에서 온 새」에서도 "산엣 새는 파랑 치마 입고/산엣 새는 빨강 모자 쓰고//눈에 아른아른 보고지고/발 벗고 간 누이 보고 지고"라는 시를 읊은 바 있다. 「향수」에서 "검은 귀밑머리 날리는 누이와"에서 보듯 정지용은 유독 누나에 대한 애틋함을 시에 적곤 하였다.

화자가 누이를 생각할 때 왜 파랑과 빨강의 색조와 연관되는지 아래 시에서는 구체적으로 드러나지 않는다. 그런데 「산에서 온 새」에서는 누나가 집을 나설 때 파랑치마 빨강모자를 쓰고 갔다는 이야기가 나온다. 무의식에 남아 있는 파랑과 빨강의 이미지가 화자의 정조로 새어나오고 있는 것이다. 따라서 이 시에서 파랑과 빨강색을 누나의 옷차림으로 유추해볼 수 있다. 화자가 생각하는 누나의 이미지는 이미 색조로써 각인되었기 때문이다. '파랑병', '빨강병'을 깨면 '파랑물', '빨강물'이 흘러나와 화자의 마음에 물이 들듯, 누나에 대한 그리움에 젖어드는 것이다.

「하눌 혼자 보고」의 전문을 보도록 하겠다.

　　부어 ㅇ 이 우든밤
　　누나의 니애기―

　　파랑병을 쩨면
　　금세 파랑 바다.

　　쌜강병을 쩨면
　　금세 쌜강 바다.

　　쌕국이 우든 날
　　누나 시집 갓네―

　　파랑병 쩨ㅅ들여
　　하눌 혼자 보고.

　　쌜병 쩨ㅅ들여
　　하눌 혼자 보고.

―「하눌 혼자 보고」 전문, 『학조』 1호(1926.6), 106쪽

　　이 시에서 누나에 대한 그리움과 쓸쓸함의 정조를 리듬과 절묘하게
연결해내는 몇 가지 방식을 살펴볼 수 있다. 먼저 자음 'ㅇ'과 'ㄴ' 무성
파열음 'ㅃ', 'ㅉ', 양순 파열음 'ㅍ'이 체계를 이루면서 이 시의 조직을
형성하는 것이다. 이것은 음운, 음절, 음보의 반복과 행과 연의 규칙성에
의한 소리의 통합체를 기본 단위로 한다.

먼저 1연에서 화자는 부엉이 우는 밤에 누나를 생각한다. 화자의 쓸쓸함을 독자가 느끼게 되는 것은 부엉이가 우는 시간과 공간의 설정에서 찾아볼 수 있다. 시간적으로 고즈넉하고 사위가 조용한 저녁이나 밤에 부엉이는 운다.

"부엉이 우든밤/누나의 이야기"에서 반복적으로 드러나는 자음 'ㅇ'은 '소리의 동심원'을 이루어 이 시의 정서표현과 결부되고 있다. 'ㅇ'은 유성자음이다. '뻑국이'나 '이야기'에서 'ㅇ'은 음운론적 기능을 하고 있지 않지만 이 시에서 자주 출현하는 파랑과 빨강에서 성대의 진동을 수반하는 공명음 'ㅇ'은 '부엉이', '우든 밤', '파랑병', '빨강병'과 같이 공통된 소리로서의 특징을 살려 이 시의 분위기와 결합하고 있다. 다시 말해 누나를 그리워하는 화자의 관념을 물질-소리 울림으로 언어의 새로운 차원을 만들어내고 있는 것이다. 또 '누나', '우든 밤', '우는 날', '혼자'와 같이 비음 'ㄴ'이 반복적으로 사용됨으로써 코를 훌쩍이며 홀로 눈물을 짓는 화자의 모습이 연상된다. 누나와의 기억이 봇물처럼 터져나오는 양상은 무성 파열음 'ㅃ'과 'ㅉ', 양순 파열음 'ㅍ'을 통해 표현하고 있다. "파랑병을 쩨면/금새 파랑 바다//빨강병을 쩨면/금새 빨강바다"에서 '파랑병' '빨강병'을 째는 행위가 마치 혀뿌리를 입천장에 붙였다 터뜨리면서 소리를 내는 'ㅉ' 자음 동심원의 결합에서 연상된다. 이렇게 몇 개의 자음 반복이 이 시에서 소리의 동심원을 이루어 전체의 리듬을 형성하고 의미를 생성한다.

또 위의 시는 2행 1연이라는 정형적 연 구성법을 이루고 있다. 한 행이 6음절~7음절로 3·3조와 3·4조가 혼용된 규칙적 배열을 이루고 있고 연마다 구두점을 찍어 시의 템포를 형성하고 있다.

정지용은 리듬으로 분위기나 표정, 정서의 변화를 자유자재로 구사했다. 장수나 시간에 따른 상황 묘사ㅏ 변화를 소리음이니, 단어, 문장, 숨을 쉬는 시점 등을 이용하여 글의 호흡이나 템포를 자연스럽게 표현하였다.

오·오·오·오·오·소리치며 달녀가니
오·오·오·오·오· 연달아서 몰아온다.

간밤에 잠설푸시 면—ㄴ 뇌성이 울더니
오늘아츰 바다는 포도비츠로 부푸리젓다.

철석·처얼석·철석·처얼석·철석·처얼석
제비날아들 듯 물결 새이새이로 춤을추어

○

한백년 진흙속에 숨엇다 나온드시
긔처럼 녀프로 기여가 보노니
머—ㄴ푸른 한울미트로 가이업는 모래밧.

○

외로운 마음이 한종일 두고
바다를 불러—
바다 우로 밤이 걸어온다.

○

후주근한 물결소리 등에지고 홀로 돌아가노니
어데선지 그 누구 썰어서 우름 우는 듯 한기척,

돌아서서 보니 먼 燈臺가 깬작 깬작 깜박이고
갈메기새 끼루룩 끼루룩 비를불으며 날어간다.

우름우는 이는 燈臺도 아니고 갈메기도 아니고
어덴지 홀로 떨어진 이름도모를 스러움이 하나.

—「바다」전문, 『조선지광』 64호(1927.2), 98쪽

위의 시 「바다」는 음성적 반복과 유사한 문장의 구조적 패턴이 연계되
어 시의 리듬감을 형성한다. 1연에서 "소리치며 달려가니/연달아서 몰
아온다"와 같이 특정한 문장 유형의 반복을 통해 일종의 의미적 등가 관
계를 이루고 있다. 이것은 이 시가 음성적 차원과 통사적 차원이 긴밀한
상관관계를 맺어 시의 리듬으로 형상화되고 있음을 보여준다. "오·오·
오·오·오"는 의성어이자 감탄사가 되는데 이는 사물의 동작을 통해서
화자의 감정을 인상적으로 전달하는 역할을 한다. 이러한 사물의 동작
이 산출하는 리듬감은 시의 청각적, 시각적 요소와 함께 현대시의 자유
율을 산출한다. 다시 말해 소리와 형태, 의미가 통합되어 전체를 아우르
는 시적 리듬을 형성한다.

이 시에서 사용되는 리듬의 자질은 동일한 음의 반복과 동일한 어구의
반복이다. 1연 1행의 '오오오오오'는 파도가 밀려가는 모습이고 2행의
'오오오오오'는 파도가 밀려오는 모습의 음성상징이다. 이러한 소리의
의도적 배치로 상이한 이미지가 서로 연결되는 것은 동일한 음의 반복
이 율독에 영향을 주어 시의 분위기를 효과적으로 드러내기 때문이다.

정지용의 이 「바다」 시는 유독 'ㄹ' 자음계열의 낱말을 많이 사용하였
다. 가령 '소리치며', '달려가니', '연달아서', '몰아온다', '잠설푸시', '울
디니', '오늘아침', '포도빛으로', '부풀어졌다', '치열석', '제비날이듯
듯', '새이새이로', '춤을추어', '푸른', '하늘밑으로', '모래', '외로운', '한

종일', ‘바다를', ‘불러', ‘물결소리', ‘홀로', ‘돌아가노니', ‘쓰러져', ‘갈매기', ‘끼루룩', ‘비를', ‘날아간다'와 같은 유음의 사용은 마치 자연스럽게 물결치는 바다에서의 모습을 연상시킨다. 그것은 청각적 리듬 자질이 파도가 밀려가고 밀려오는 시각적 이미지를 표현하여 균형을 이루는 것과 동일한 효과를 가져온다.

정지용은 시의 전 작품에서 유음 ‘ㄹ'과 비음 ‘ㄴ', ‘ㅁ' 등 부드러운 공명음을 많이 사용하였다. 조성문은 우리나라 음절 초성에 폐쇄음이 많이 사용되는 것이 보편적인 데 비하여 정지용은 초성에 공명음을 선호함으로써 시의 음악적 특성을 고려했다고 하였다.[30] 그의 말에 의하면 지용의 초기 작품에서 ‘ㄹ'의 빈도수는 15.2%로 가장 높은 편이다.

한편, 소리의 긴밀한 연결이 이미지에 영향을 주는 것은 3연에서와 같이 템포의 구현으로도 드러난다. “철석 처얼석 철석 처얼석 철석 처얼석”은 빠르고 느리게 파도치는 바다의 모습을 연상시킨다. “처얼석”과 같은 음가의 연장[31]으로 템포를 조절함으로써 이미지의 균형을 이룬다.

1연에서 3연까지 음성상징의 규칙적 반복으로 자연의 정경을 묘사했다면 4연부터 8연까지는 동일한 음과 어구의 조직으로 화자의 정서를 유추할 수 있다. ‘몰아온다', ‘간밤', ‘잠설푸시', ‘먼-ㄴ', ‘아침', ‘모래밭', ‘외로운 마음', ‘밤', ‘울음', ‘깜박이고', ‘이름도 모를', ‘스러움'에서 양순비음인 ‘ㅁ'을 계속 반복 사용하였다. 입을 다물고 날숨을 코 안으로 내보내며 멀리 울리는 뇌성처럼 목청을 울리는 “음~” 같은 소리는 밖을 향해 흘러가는 화자의 심사를 묘사한다. 그것은 ‘외로운 마음이 하루 종일 바다를 부르는 듯한' 화자의 심리를 표현한다.

---

30 조성문, 앞의 글, 8쪽.
31 정지용 시에서 음가의 연장으로 나타나는 시는 다음과 같다. “느으릿 느으릿”(「새빩안 기관차」), “사알랑 사알랑”(「이른 봄 아침」), “느으릿 느으릿”(「슬픈 汽車」), “소올 소올”(「말 3」). 장철환, 「정지용 시의 템포: 호흡마디 분절의 변조를 중심으로」, 『현대문학의 연구』, 2004, 188~190쪽.

이 시에서는 '~니'가 압운과 같은 리듬 효과를 주고 있는데 1연 1행, 4연 2행, 6연 1행의 '달려가니', '울더니', '보노니', '돌아가노니'가 그것이다. 이에 호응하는 '몰아온다', '부풀어졌다', '가이없다', '울음운다'와 같은 병렬적 이미지의 배치는 이 시의 리듬에 안정감을 부여한다. 이렇게 시의 리듬은 다른 요소들과 함께 조화를 이루는데 이 시에서처럼 자음이나 모음의 반복이 전후 맥락을 이어주어 분위기를 전환하기도 하고 미적 쾌감을 불러오는 것과 같은 이치이다.

> 琉璃에 차고 슬픈 것이 어린거린다.
> 열업시 부터서서 입김을 흐리우니
> 길들은양 언날개를 파다거린다.
> 지우고 보고 지우고 보와도
> 새까만 밤이 밀러나가고 밀너와 부듸치고
> 물어린 별이, 반짝, 寶石처럼 백힌다.
> 밤에 홀노 琉璃를 닥는 것은
> 외로운 황홀한 심사 이어니,
> 고흔 肺血管이 찌져진 채로
> 아아, 늬는, 山ㅅ새처럼 날너갓구나.
>
> —「琉璃窓」 전문, 『조선지광』 89호(1930.1), 1쪽

이 시는 어린 자식을 잃은 아비의 슬픔을 관습화된 주관적 정서로 표현하지 않고 객관적 이미지와 절제된 언어로 제시하였다. '파닥거리는 언 날개', '새까만 밤', '보석처럼 박히는 별'은 작중화자의 슬픔을 대신하는 이미지들이다. 4음보의 안정된 율격은 화자가 감정을 억제하고 슬픔을 객관화하는 데 일조한다. 이러한 절제된 리듬은 위의 다양한 시각적 이미지와 사물들을 결속시켜 회화적 심상을 돋보이게 한다.

한편, 이 시는 4음보로 읽을 수 있는 정형적인 시이지만 민요나 동요 풍의 의도적인 단순한 반복은 사용하지 않았다. 4음보의 안정된 율격을 지니면서 내적 변화를 주는 부분은 한 음보가 가지는 음절 길이의 차이에서 드러난다. 이 시의 전체에서 한 음보가 가지는 음절의 길이는 2음절에서 5음절까지 나양하여 감정 변화를 역동적으로 변주한다. 정형율의 변주와 함께 주목할 점은 두 어휘를 결합하여 생소한 느낌을 들게 하는 표현이다. 1행의 "차고 슬픈 것"과 8행의 "외로운 황홀한 심사"는 촉각과 감정을 결합시켜 관습화된 정서를 지양하고 시인의 느낌을 마치 사물을 접하듯 효과적으로 전달한다.

鴨川 十里 벌 에
해 는 점 으 러. 점 으 러.

날 이 날 마다 님 보내 기,
목 이 자젓 다. 여울 물 소리.

찬 모래 알 쥐여 짜는 찬 사람 의 마음.
쥐여 짜라. 바시 여라. 시연치 도 안어라.

역구 풀 욱어진 보금 자리,
쓸북이 홀어멈 울음 울 고.

제비 한 쌍 쩌엇 다,
비마지 춤 을 추 어.

수박 냄새 품어 오는 저녁 물 바람.

오렌쥐 껍질 씹는 젊은 나그내 의 시름.

鴨川 十里 벌 에
해 는 점으 러, 점으 러.

—「鴨川」 전문, 『학조』 2호(1927.6), 78~79쪽

정지용은 1923년 5월에 휘문고보 장학생으로 일본으로 건너가 유학
생활을 한다. 그때 그가 살았던 곳이 경도의 압천(鴨川)이다. 몸의 감각을
이른바 '신체 감각어'의 반복을 통해 표현하는 이 시는 이국에서 느끼는
외로움과 고독감을 드러내고 있다.

1연에서 시각, 2연에서 청각, 3연에서 촉각, 4연에서 시각의 청각화, 5
연에서는 시각, 6연에서는 후각과 촉각, 7연에서는 시각을 사용함으로
써 대상과 사물을 감각적 언어로 표현한다. 화자의 위축된 마음을 드러
내는 언술은 '점으러', '님 보내기', '울고'와 같이 술어에서 나타나거나
'쥐여짜라', '바시여라', '안어라'와 같이 부정어의 반복적 사용으로 드러
난다. 님을 보내는 공간은 물이 흐르는 압천이다.

2연과 3연에서 지배적으로 출현하는 음소들의 외적 구조의 차이를 살
펴보면 다음과 같다. 2연의 "날이 날마다 님 보내기/목이 자젓다 여울
물소리"에서는 'ㄴ' 'ㅁ' 'ㅇ'과 같은 유성음과 유음인 'ㄹ'음이 지배적으
로 출현하는 데 비해 3연에서는 "찬 모래알 쥐여짜는 찬 사람의 마음/쥐
여짜라 바시여라 시연치도 안어라"에서 보듯 'ㅊ' 'ㅉ'과 같은 파열음을
사용한다. 여울 물소리처럼 자연스럽게 님을 보냈는데 사람의 감정은
이성과 비례하지 않아서 화자는 그 후 "찬 모래알 쥐여 짜는" 심정을 드
러낸다. 사랑의 불가능에 대한 화자의 불편한 마음을 시인은 이렇게 음
소의 차이로 표현하였다. 3연에서 "쥐어짜라 바시어라 시연치도 안어
라"와 같이 사물적 언어의 점층적인 반복은 좌절된 욕망이 안에서 들끓

는 모습을 표현한다. 이것은 화자의 외로움과 고독감을 감상적으로 드러내지 않고 언어로 제어하는 정지용 시의 특징이 된다.

고래가 이제 橫斷 한뒤
海峽이 天幕처럼 퍼덕이오.

······힌물결 피여오르는 알에로 바독돌
작고작고 나려가고,

銀방울 날니듯 써오르는 바다종달새······

한나잘 노려보오 훔켜잡어 고 뻘간살 빼스랴고

※

미억닙새 향기한 바위틈에
진달네춧빗 조개가 해ㅅ살 쏘이고,
청제비 제날개에 밋그러저 도ㅡ네
유리판 가튼 한울에.
바다는ㅡ 속속디리 보이오.
청대ㅅ닙 처럼 푸른
바다
봄

ㅡ「바다」부분, 『시문학』 2호(1930.5), 4~6쪽

정지용이 우리 시를 현대적으로 고양시킨 것은 사물화된 관념으로 신

선한 이미지를 구축한 것이고 정교한 언어적 장치로 리듬을 살려낸 점이다. "銀방울 날리듯 떠오르는 바다 종달새", "진달래 꽃빛 조개", "유리관 같은 하늘", "청대ㅅ잎처럼 푸른 바다"와 같은 감각적 이미지를 상상적 세계와 결합시킴으로써 화자의 심리와 경험을 재구성하고 있다. 또한 행과 연을 불규칙하게 배치하여 선명한 바다 이미지를 시인의 상상력 속에서 자유롭게 재연하는 것이다. "……흰물결 피여오르는 알에로 바독돌/작고작고 나려가고,//銀방울 날니듯 써오르는 바다종달새……"이것은 궁극적으로 시인의 내재적 리듬과 이미지 등 언어의 제 요소를 연결하여 의미를 획득[32]하는 것이다. 일본에서 유학하던 시인은 일본과 한국을 오가는 배 안에서 바다를 바라보며 시를 짓곤 하였다. 그리워하던 고향에 돌아갈 때 아마도 이런 시를 쓰지 않았을까. 즐겁고 행복한 시인의 마음은 여객선이 지나갈 때 생기는 포말을 보고도 '피어오르는 바독돌', '바다 종달새'를 떠올릴 만큼 마음이 한없이 가볍기만 한 것이다. 물결 속에서 올라오는 물방울을 '바독돌'과 '종달새'로 묘사한 것은 비정물을 유정물로 나타낸 활유법이다. 이것은 생생하게 살아나는 시인의 현재 마음을 나타냈다고 볼 수 있다. 시인은 감정의 개입 없이 대상을 두드러지게 표현하기 위해 다른 사물이나 존재의 형태, 성격, 의미를 끌어왔다. 이렇게 대상을 구체화시키는 방법으로 그는 세계에 대한 창조적 인식을 발휘한다.

---

32 구체적 감각을 동원해 언어의 형상적 특징을 극명하게 보여주는 시로는 「바다」 연작시 가운데 「바다 2」가 있다. "시란 극히 형식적인 음성적 리듬만을 활용한 사실에서 과감히 탈피하고 무절제한 감정의 과잉이나 문명의 역기능에 대한 날카로운 비판과 사아에 대한 신시한 반성을 통하여 새로운 방식의 수법을 시도하게" 된 것이다. 홍문표, 『시창작원리: 현대시학이론과 창작실제』, 창조문화사, 2002, 495쪽.

3) 언어의 결을 조직하는 리듬의 양상

나지익 한 한울은 白金비츠로 빗나고
물결은 유리판처럼 부서지며 끌어오른다.
동글동글 굴러오는 짠바람에 뺨마다 고흔피가 고이고
배는 華麗한 김승처럼 지스며 달녀나간다.
문득 아플가리는 검은 海賊가튼 외딴섬이
흐터저 나는 갈메기떼 날개뒤로 문짓 문짓 물너나가고,
어데로 돌아다보던지 하이얀 큰 팔구비에 안기여
地球떵이가 똥그랏 타는것이 길겁구나.
넥타이 는 시연스럽게 날니고 서로기대슨 억개에 六月벼치 심여들고
한업시 나가는 눈ㅅ길은 水平線 저쪽까지 旗폭처럼 퍼덕인다.

   ※

바다 바람이 그대 머리에 알는대는구료,
그대 머리는 슬푼듯 하늘거리고.

바다 바람이 그대 치마폭에 니처대는구료,
그대 치마는 붓그러운듯 나붓기고

그대는 바람 보고 꾸짓는구료.

   ※

별안간 뛰여들삼어도 설마 죽을나구요

빠나나 껍질노 바다를 놀녀대노니,

젊은 마음 꼬이는 구비도는 물구비
두리 함끠 구버보며 가비얍게 웃노니.

—「甲板우」 전문, 『시문학』 2호(1930. 5), 8~9쪽

이 시에서는 같은 행의 반복이 하나의 ※ 안에서 나타남으로써 부분적인 정형성의 리듬감을 살리고 있다. 첫 번째 ※에서 "알는대는<u>구료</u>", "니처대는<u>구료</u>", "꾸짓는<u>구료</u>"와 두 번째 ※ 안에서 "놀려대<u>노니</u>", "웃<u>노니</u>"는 압운에 의한 리듬 효과를 내면서 앞뒤행이 병행하여 마치 랩의 형식처럼 이루어졌다. 「甲板우」의 리듬 효과는 하나의 요소들이 단독으로 드러나지 않고 여러 요소가 작용해서 시의 리듬감을 살리고 있다고 볼 수 있다.

정지용 시의 미적 가치에 대해 김기림은 이렇게 말한 적이 있다. "우리들의 시각에 「아필」하다느니 보다는 차라리 우리의 청각에 「아필」한다."[33] 정지용은 이처럼 언어의 결을 조직하는 유니크한 기법으로 시인의 정조를 효과적으로 드러내고 있는 것이다.

바다는 뿔뿔이
달어 날랴고 했다.

푸른 도마뱀 떼 같이
재재 발렀다

---

[33] 김기림, 『김기림 전집2, 시론』, 심설당, 1988, 331쪽.

꼬리가 이루
잡히지 않었다

흰 발톱에 찢긴
珊瑚보다 붉고 슬픈 생채기!

가까스루 몰아다 부치고
변죽을 둘러 손질하여 물기를 시췄다

이 앨쓴 海圖에
손을 싯고 떼었다

찰찰 넘치도록
돌돌 굴르도록

회동그란히 바쳐 들었다!
地球는 蓮닢 인양 옴으라들고…… 펴고……

—「바다 2」전문, 『정지용 시집』(1935.10), 5~6쪽

리듬은 설명 이전에 지각되는 것이다. 언어의 소리가 빚어내는 음악적 효과는 규칙적으로 반복되고 율동적인 느낌을 갖게 한다. 이러한 시의 음악성은 응어리지거나 삿된 인간의 마음을 풀어내어 정화시키는 구실을 한다. 김대행은 리듬(노래의 자질)을 이야기와 대비하면서 다음과 같은 점을 강조한다.

리듬에 관하여 치밀하게 고찰하는 일은 지나치게 원론적이므로 그것이 흐름

의 구획과 관계된다는 점, 그 구획은 인간의 생리적, 심리적 특질에 근거를 두고 있다는 점, 따라서 그 구획은 강-약, 장-단, 긴장-이완, 듦-남…… 등의 대립성을 단위로 하여 형성된다는 점만을 지적하기로 한다. 따라서 활주로를 미끌어져 가는 비행기의 움직임이나 천둥치고 비가 쏟아지는 데서는 리듬을 느낄수가 없는 대신에, 바닷가에서 바라보는 바닷물의 출렁임이나 군대의 행진에서는 리듬을 느끼게 됨이 당연해진다.[34]

그는 일종의 몰입이며 무아(無我)의 경지인 리듬이 우리의 생리적·심리적 기반이 된다고 보는데 이러한 본성적 지향이 리듬의 구조물을 만나 인간의 시름을 풀어내는 기능을 갖는다고 보았다.[35] 심장박동처럼 생래적인 것이 리듬이라고 본다면 규칙적인 반복에 의해 형성되는 것이 시의 음악적 특성이 된다.

소리의 시간적 흐름이 만들어낸 말의 리듬은 반복적 요소를 가짐으로서 어떤 리듬성을 갖게 된다. 또 음절 간의 길이와 강세에 따라 의미론적 범주가 달라진다. 언어의 음성적인 변인이 리듬의 변이를 만들고 나아가 말의 의미를 획득하는 효과를 가진다. 이것이 일상에서 쓰는 실제 언어의 리듬과 시의 리듬을 다르게 하는 점이다. 생리적 호흡보다 더 세밀한 시적인 리듬은 화자의 호흡보다 음절의 장단 고저처럼 언어의 호흡에 관여하기 때문에 '현대시에서 리듬이 어떻게 작용하는가'라는 문제의식은 중요하다.

「바다 2」는 2행 8연으로 분절하여 파도가 밀려왔다 밀려가는 바다의 움직임을 효과적으로 표현하고 있다. 1연에서 4연까지 도마뱀 떼의 재빠른 움직임에 연결하여 시각적 이미지로 구체화하였고, 5연에서 8연까지 시각과 청각, 촉각이미지와 음성상징 등 복합적인 시적 장치들을 사

---

34 김대행, 『노래와 시의 세계』, 앞의 책, 5쪽.
35 김대행, 위의 책, 6~7쪽.

용하여, 바다의 움직임을 가볍게 살리고 있다. 시어 선택에 세심한 주의를 기울이는 지용은 그의 시작(詩作)에 있어서 똑같은 어휘를 반복으로 사용하지 않거나 고어나 방언 같은 낯선 어휘를 사용함으로서 신선한 느낌을 갖게 한다. 이 시에서 핵심어를 뽑는다면 '재재발렀다'를 들 수 있다. '재재발렀다'는 방언은 사물의 감각적 이미지를 사용하여 바다의 경쾌함이나 발랄함을 묘사하는 것이다. 바다의 시각적 이미지를 생동감 있게 표현하는 시구는 1연의 "뿔뿔이 달어 날랴고 했다"와 "꼬리가 이루 잡히지 않았다"에서도 드러난다.

　「바다」 연작은 『조선지광』(1927년)에 처음 발표된 후 1935년까지 지속적으로 창작되었다. 정지용은 「바다」 시편에서 감상성을 지양하고 사물시로서 자립성을 지닌 시형식을 추구하였다. 정지용의 「바다」 시편에 대한 평자들의 견해는 다양한데 권영민은 「바다 2」에서 드러나는 바다가 정지용만이 창조해낸 새로운 시적 공간[36]이라고 했고, 송욱은 이 시의 대상이 되는 '바다'는 시인의 내적 정서를 객관적인 사물이나 이미지를 통해 드러내고 있으나, 대상 자체에 몰입하여 화자의 정서가 조화롭게 연결되는 것보다 감정의 편린들이 부자연스럽게 연결되고 있다[37]고 보았다. 화자의 내면적 감정의 편린들을 사물의 감각적 이미지로 드러내고 있는 이들 시에 대해 김춘수는 "빛나는 것은 투명한 문체뿐"이라고 하여 자연스러운 내재율을 고려하지 않은 듯한 시이지만 모더니티 지향이 도달한 새롭고 비범한 차원의 시[38]라고 평가하였다.

　안으로 熱하고 겉으로 서늘 하옵기란 일종의 생리를 압복시키는 노릇이기에 심히 어렵다. 그러나 시의 威儀는 겉으로는 서늘옵기를 바라서 마지 않는다. 슬

---

36 권영민, 앞의 책, 115쪽.
37 송욱, 「詩學 評傳」, 일조각, 1963, 196쪽.
38 김춘수, 『한국 현대시 형태론』, 해동문화사, 1958, 65쪽.

품과 눈물을 그들의 심리학적인 부면 이외의 전면적인 것을 마침내 시에서 수용하도록 차배되었으므로 따라서 폐단도 많아왔다. 시는 소설보다도 善汝癖이 있다. 시가 솔선하야 울어버리면 독자는 서서히 눈물을 저작할 여유를 갖지 못할지니 남을 울려야 할 경우에 자기가 먼저 大笑하야 실소를 폭발시키는 것은 小人劇에서만 볼 것이 아니다. 남을 슬프기 그지없는 정황으로 유도함에는 자기의 감격을 신중히 이동시킬 것이다.[39]

소리의 규칙적 반복과 더불어 다른 사물을 끌어와 언어의 형상적 특성을 살려냄으로써 감상성으로부터 거리를 두는 것은 정지용 시가 가진 현대성과 참신성이라 할 만하다. 「바다 2」에서는 '도마뱀 같이', '연잎인 양'과 같이 감각적 직유의 방식으로 외부의 사물을 우리 마음에 비춰 보인다. 한마디로 '시 가운데 그림이 있고, 그림 가운데 시(詩中有畵 畵中有詩)'[40]가 있는 것이다. '바다'의 모습을 구체화하는 방법으로 이렇게 회화적 심상으로 전개하는 방법을 들었다면 규칙적 리듬감으로 드러나기도 한다.

1연의 "뿔뿔이"와 2연의 "같이"와 같은 동일한 모음 'ㅣ'의 반복이나, '했다', '발렀다', '않았다', '시쳤다', '떼었다', '들었다'와 같은 규칙적 어미를 가진 서술어의 행말 배치를 통해서 바다의 발랄함을 드러내는 것이 그것이다. 또 2음보와 3음보의 교차나 5연과 8연과 같은 변칙적 문장은 바다의 율동감에 변화를 주어 생동감을 주고 있다. 지용은 이처럼 '감정'을 '감각화'하는 세련된 시작 방법으로 언어에 대한 자각을 보여준다.

---

39 정지용, 「시의 威儀」, 『정지용 전집2 산문』, 민음사, 2016, 250쪽.
40 소동파(1036~1101)는 소식을 말한다. 그는 왕유의 신수념출(信手拈出)을 평하면서 위와 같이 말하였다. 북송 제일의 시문가로 아버지 소순, 동생 소철도 문장에 밝아 '삼소'라 했다. 공광규, 『이야기가 있는 시창작 수업』, 화남, 2009, 95쪽.

3. 정지용 시의 전통 지향과 모더니티 지향

1) 신화화된 공간의 시 ─「향수」 분석

'신성한 이야기'라는 의미를 지닌 '신화'(myth)는 '뮈토스(mythos)'에서 유래했다. 인류의 집단 무의식과 관련이 깊고 논리적 언어인 로고스(logos)와는 대립되는 말로 원형 상징적 언술로 볼 수 있다.[41] 지용은 이 시에서 근대의 문물이 유입되던 1920년대 후반에 대도시의 근대적 공간에서 '신화화된 고향'을 묘사함으로써 합리적 질서가 지배하는 도시 속의 지친 화자를 드러내고 있다. 가령 "옛 이야기 지줄대는 실개천"이나 얼룩백이 황소가 금빛 게으른 울음을 우는 곳"이나, "졸음에 겨운 늙으신 아버지가 지벼개를 고이시는 곳", "사철 발 벗은 아내가 따가운 햇살을 등에 지고 이삭 줍는 곳"은 모두 직관적 감성으로 빚어낸 이미지를 드러낸다. 이러한 색채나 형태, 감촉, 소리들은 고대로부터 현대까지 이어지며 되풀이되는 인류의 보편적인 인상이며 나아가 원형상징이 된다. 이것은 농촌 공동체의 공간에서 태어난 시인이 전근대적 가치를 지향하는 방식을 형상화하는 것이다. 모더니즘과는 정반대로 유년으로 회귀하는 것은 도시에서 느끼는 외로움과 방황 때문이었던 것으로 짐작된다.

지용은 감정과 정서를 문학적 형상화 과정을 거쳐 시적 언어로 조직화하고 있다. 다음 시는 고향에 대한 아름다운 회상뿐 아니라 슬픈 기억을 각각의 단편들에 나타내고 있다.

넓은 벌 동쪽 끝으 로

넷니야기 지줄대는 실개천 이 회돌아 나가고,

---

41 출처: 『한국민속문학사전』, http//folkency.nfm.go.kr/munhak/indey.jsp 제공처: 국립민속박물관 /http://www.nfm.go.kr

얼룩백이 황소 가
해설피 금빗 게으른 우름을 우는 곳,

―그 곳 이 참하 꿈 엔들 니칠니야.

질화로 에 재 가 식어 지면
븨인 바 테 밤 ㅅ 바람 소리 말을 달니고,
엷은 조름 에 겨운 늙으신 아버지
짚베개를 도다 고이시는 곳,

―그 곳 이 참하 꿈 엔들 니칠니야.

흙에서 자란 내 마음
파아란 한울 비치 그립어 서
되는대 로 쏜 화살 을 차지려
풀섭 이슬 에 함추룸 휘적시 든 곳,

―그 곳 이 참하 꿈 엔들 니칠니야.

傳說바다 에 춤 추는 밤물결 가튼
검은 귀밋머리 날니 는 누의 와,
아무러치 도 안코 업불 것 도 업는
사철 발 버슨 안해 가,
짜가운 해쌀을 지고 이삭 줏 든 곳,

―그 곳 이 참하 꿈 엔들 니칠니야.

한울 에는 석근 별

알수 도 없는 모래성 으로 발을 옴기고,

서리 싸막이 우지짓 고 지나가는 초라한 지붕

흐릿한 불비채 돌아안저 도란도란 거리는 곳,

―그 곳 이 참하 꿈 엔들 니칠니야.

―「鄕愁」 전문, 『조선지광』 65호(1927.3), 13~14쪽

정지용은 1923년 휘문고보 5학년이 되던 해에 「향수」를 썼고 4년 뒤
인 1927년『조선지광』에 발표하였다. 정지용 첫 번째 시집인『정지용 시
집』에는 「鄕愁」나 「故鄕」과 같은 토속성을 가진 원초적 이미지즘 계열
의 시편과 순수한 자연공간을 형상화한 시들이 실려 있다. 정지용의 초
기시에 해당하는 이 시는 농촌 공동체로서의 고향에 대해 시인의 동경
과 이상이 그려지고 있다.

이 시에서는 먼저 후렴구 "그 곳이 참하 꿈엔들 잊힐리야"가 반복되고
있는 것이 눈에 들어온다. 전통적 형식을 지향한 후렴 형식에 대하여 김
춘수는 "더 進步된 形態에 있어서는 이것이 必要없을 것인데, 아직 거기
까지는 미달이다."라고 평가하였다. 그런 한편 "왜 하필 4행의 행 구분
을 하였을까? 이것이 모두 우연이다. 이유는 없다. 아무런 이유도 없는
우연이 이유가 있는 필연처럼 되어 버린 거기에 지용의 솜씨를 본다. 각
연은 영화의 한 cut이라고 보면 될 것이다."라고 하였다.[42]

하지만 통사적, 의미론적 율격의 다소 변형된 이러한 후렴 형식은 병
렬적 방식으로 "고시가의 형태 속에 깃들어 있는 전통적 요소"가 있다

---

42 김춘수, 『한국 현대시 형태론』, 앞의 책, 63쪽.

고 볼 수 있다.[43] 향수의 대상이 되는 곳의 풍경과 이미지의 반복으로 각운을 맞추어 한 행으로 구성한 것도 규칙적 양식에 의한 리듬 원리를 이룬다. 운문을 이루고 있는 '소리의 반복적이고 규칙적인 양식'을 리듬이라고 본다면 전체를 아우르는 단일한 호흡률이 2, 4, 6, 8, 10연에서 반복된다. 이 문구는 규칙적인 전통 율격을 계승한다고 보인다. 또 7연을 제외한 1, 3, 5, 9연이 모두 4행으로 안정적 리듬감을 주고 있다. 후렴구를 제외한 연이 풍경과 회화적인 장면을 연출함으로써 리듬감을 구성하는 이러한 형식은 유년의 기억에서부터 고향을 떠나오기까지의 총체적 과거의 시간과 공간을 인상적으로 드러난다.

정지용 시의 특이점은 전통 시가에서 구현되고 있는 음보라는 율격 장치를 현대적 언어 구사와 결부시켜 새로운 방식의 리듬을 만들어나가는 것에서 찾을 수 있다. 이 시에서는 4음보격에 비해 안정감을 주지 못하는 2, 3음보의 혼용이 드러나고 있다. 1연 2행에서 '옛 이야기/지줄대는/실개천이/회돌아 나가고'와 같이 앞 2음보와 뒤 2음보로 나뉘어져 가운데 휴지가 개입된 리듬은 안정감을 준다. 이에 비해 1연의 1행 3음보, 3행 2음보, 4행 5음보와 같은 불규칙한 형태는 그 이하의 연들에서 계속 이어진다. 9연에서도 '흐릿한/불빛이/돌아앉아/도란도란/거리는 곳'에서는 한 행에서 2, 3음보의 혼용이 나타난다. 이는 5음보의 성격을 갖지만 4음보격에 비해 자연스럽지 못하다. 정형적 전통 율격의 변용이라고 할 수 있는 이러한 음보의 결합에 의한 형식은 정지용 개인의 새로운 율격이라 할 수 있다.

정지용의 시는 그동안 회화성과 공간성 안에서 이미지 위주로 연구되어 왔는데 이 시에서 리듬을 형성하는 제 요소들의 상관관계를 따져볼 수 있다. 후렴구의 반복과 같은 계열 음운의 반복, 전통 율격을 변용한

---

43 김대행, 『우리 시의 틀』, 앞의 책, 335쪽.

음보의 혼용과 호음조[44]와 악음조의 교차로 인해 어린 시절을 추억하는 화자의 마음이 과거에서부터 현재까지 다채롭게 조성되고 있음을 알 수 있다.

리듬은 시의 반복적 후렴구가 되는 한 행으로만 결정되기보다 리듬의 최소 단위인 음소와, 한 행, 나아가 한 연이 시 전체의 의미 구조와 상관관계를 맺는 것이다. 시인은 '반복'이라는 형식을 통해 부분적으로 한국 문학의 전통적 율격을 이 시의 기본 형태로 구조화하고 있지만 전통 운율의 기본 단위인 음보나 음수율은 따르지 않고 있다. 전형적 전통 율격을 변용한 자질들이 상관성을 지니고 새로운 율격을 만들고 있는 것이다. 여기서 불규칙적으로 산포된 자음 조직의 양상이 이 시에서 어떤 역할을 하는지 그 궤적을 살펴볼 수 있다.

1연에서 '넓은', '벌', '동쪽', '옛이야기', '지줄대는', '실개천', '회돌아', '얼룩백이', '금빛', '게으른', '울음'과 같이 부드럽고 환한 소리 'ㅇ, ㄴ, ㄹ, ㅁ'의 자음이 빈번하게 사용되고 있다. 특히 "금빛 게으른 울음"에서는 하나의 감각(시각)이 다른 영역의 감각(청각)을 불러일으키는 공감각을 사용하였다. 이런 감각전이는 "언어가 상상적으로 환기하는 회화적 형태"인데 이러한 심상(心象)을 영국의 비평가 시드니는 '말하는 그림'이라고 하였다.[45]

2연에서는 '질화로', '재', '조름', '아버지', '짚베개'와 같이 무성음 'ㅅ'보다 세게 나오는 'ㅈ'무성 파찰음이 반복되고 있다. 이것은 이제는 늙어 조름에 겨운 아버지의 퇴색된 인상을 형상화한다. 늙은 아버지의 모습에서 회상 속 고향에 대한 그리움의 정서가 묻어나고 있는데, 유년의 기억에서부터 고향을 떠나올 때까지의 총체적 과거의 시간과 공간이

---

44 好音鳥는 불경에 나오는 사람의 머리를 한 상상의 새인데 소리가 썩 아름답다고 하여 붙여진 이름이다. = 가릉빈가(迦陵頻伽).『국어 대사전』, 학문당, 2276쪽.
45 임노순,『詩 창작과 좋은 시 감상』, 자료원, 2002, 46쪽.

인상적으로 드러나는 것은 각각의 소리 동심원들이 대립하고 보완하면서 소리의 통합체를 이룸[46]으로써 가능하다.

3연의 '흙', '파아란', '하늘빛', '쏜', '화살', '찾으려', '풀섶', '함추름', '휘적시던'과 같이 'ㅊ', 'ㅍ', 'ㅎ', 'ㅆ' 등의 거친소리, 된소리는 1연의 호음조 현상에 비해 강파른 느낌을 준다. 화자는 그리운 고향에 돌아와 풀섶을 휘적시며 어린 시절을 추적하지만 자신의 욕망을 좇아 떠났던 고향은 쏜 화살처럼 가파른 세월이었음을 깨닫는다.

고향에 대한 단편적 기억들은 각 연마다 다르게 드러나는데 4연에서는 "검은 귀밑머리 날리는" 누이와 "사철 발 벗은 아내가 따가운 햇살을 등에 지고 이삭"을 줍는 영상이 마치 전설처럼 아득하게 시인의 기억 속으로 떠오르고 있다. 지용의 시에 나오는 아내나 누이 등 여성상은 자연과 고향에 그 맥이 닿아 있어 현실의 고통에서 벗어나게 하는 안식처의 역할을 한다. 지용은 조혼을 하고 일본 유학을 하고 왔지만 정신적 동반자로서 아내를 각별하게 여겼다. 농촌에서 헐벗고 초라한 삶을 사는 아내에 대한 이미지를 그릴 때 슬픈 느낌이 들긴 하여도 대체로 그의 시에 등장하는 아내나 여성상은 신성하고 경건하게 그렸다.

지용의 내면을 형성하는 동인은 고향이다. 「향수」에서는 현실과의 내면적 갈등에 대해 치열한 현실 대결의 양상을 나타내기보다 고향 귀환이라는 우호적 자세로 풀어나가고 있다. 이 시에서는 삶에 지친 불행한 시적 화자의 사실적 삶의 모습이 제시되지 않는다. 시적 화자가 일본 유학을 앞두고 고향과 결별하는 시점에서 화자는 고향 사랑이라는 표층구조 아래 그것이 이미 완결된 닫힌 세계라는 내면적 구조를 드러낸다. 그는 그리움과 애상(哀想)이라는 양가적 인식을 바탕으로 향토애를 부각시킨다. 이렇게 아름다운 것에 대한 회상이 슬픈 느낌으로 전달되는 것

---

46 권혁웅, 앞의 책, 429~431쪽.

은 그 다음 연으로 이어지고 있다.

> 한울 에는 석근 별
> 알수 도 없는 모래성 으로 발을 옮기고,
> 서리 까막이 우지짓 고 지나가는 초라한 지붕
> 흐릿한 불비채 돌아안저 도란도란 거리는 곳,

　위의 시문에서 맑고 순수한 자연의 공간이 현실적 삶의 고뇌와 함께 동반되는 것은 "하늘의 성근 별"과 "알 수도 없는 모래성", "초라한 지붕", "흐릿한 불빛", "돌아앉아"와 같은 시문에서 느낄 수 있다. 정지용의 「향수」는 모던한 감각적 이미지의 색채를 띠고 있지만 한편으로는 조선적인 것을 강조하기도 하는데 그 시적 내용에 있어서 동양의 고전을 원용하였다고 볼 수 있다. 홍정선은 날아가는 서리 까마귀가 조조(AD 155~220)의 단가행에 나오는 시구의 이미지와 흡사하다고 파악하면서 이 시의 전거를 밝히고 있다.[47]

> 月明星稀 鳥鵲南飛 繞樹三雜 何枝可依
> 달밝아 별빛 흐린데 남쪽으로 날아간 새들이여.
> 나무 주위를 몇 번 돈들, 어느 가지에 의지할꼬?
>
> ─조조(曹操),「단가행(短歌行)」,『인민화보 월간중국』(2016)[48]

---

47 1행의 '석근 별'은 '여러 개의 별들이 뒤섞여 있다'는 뜻으로 풀이할 수 있고, '성근'으로 받아들여 '듬성듬성하게 보이는 별들'로 받아들일 수도 있다. 홍정선은 위의 시에서 시연 전체에서 내비치는 분위기로 보았을 때 '섞은'을 '성근'으로 보는 것이 타당하다고 보았다. 홍정선,「공허한 언어와 의미 있는 언어」,『문학과 사회』여름호, 1998, 606쪽.

48 '단가행'이란 본래 민가풍의 곡명을 지칭한다. 중국 최초의 통일제국 한(漢, BC 220~206) 나라 때 설치된 악부(樂府, 음악을 관장하던 부서)의 음악장르 이름이었다가 훗날 하나의 시체로 발전한다.『두산백과』http://www.doopedia.co.kr

사실 정지용의 「鄕愁」의 쓸쓸하고 애상적 분위기는 이 「단가행」의 시구를 많이 닮아 있다. 그런데 단가행 전체의 내용을 보았을 때는 정지용의 「鄕愁」와 조금 차이가 있다. 「단가행」에 나오는 새들은 남쪽으로 날아가기 전 나무 주위를 돌고 있지만 이 시 속의 화자와는 무관하다는 느낌을 갖게 한다. 그것은 달이 밝거나 별빛이 흐리거나 새들은 그저 나무 주위를 돌뿐 어느 가지에도 의지하지 않는다는 점에서 지은이의 "예측 불허 난세의 고뇌"를 읽게 한다.[49] 그에 비해 「鄕愁」에서는 '서리까마귀 우지지며 날아가듯' 고향을 떠나야 하는 시인의 서글픈 생각[50]을 느끼게 한다. 서리 까마귀의 이미지와 고향을 떠나기 직전 화자의 심정이 겹쳐지는데 그러한 회화성과 공간성이 그려지는 그곳(고향)을 시인은 차마 잊을 수가 없다는 것이다.

2) 회귀와 동경의 시 ─「녯 니약이 구절」, 「별똥」, 「산너머 저쪽」 분석

「향수」 외에 「녯 니약이 구절」에서도 어머니와 아내 누이가 객지에서 고생하고 돌아온 화자의 이야기를 사랑의 감정을 담아 듣는 장면이 나온다. 옥천 공립보통학교를 졸업하고 휘문고보에 들어가기 전 정지용은 처가의 친척집에서 한학을 공부하였다. 「녯 니약이 구절」에서는 그 당시 이야기가 나온다.

집 써나가 배운 노래를

---

49 위의 시는 「단가행」 2수 중 제1수다. 영웅적 호방함, 예측불허 난세의 고뇌, 천하통일의 포부와 이를 위한 인재획득의 갈망을 읽을 수 있는 조조의 「단가행」은 고전의 인용이나, 비유, 은유, 우의(寓意)적 수사학이 어우러신 제1수가 문학석 성취가 높다. 인민화보사 한국어 월간지 『중국』 2016년 제2호, http://naver. me/5dXwgvkK(임명신)에서 재인용.
50 황현상, 『잘 표현된 불행』, 문예중앙, 2012, 735쪽.

집 차저 오는 밤
논ㅅ둑 길에서 불럿노라

나가서도 고달피고
돌아와 서도 고달펏노라
열네살부터 나가서 고달펏노라

나가서 어더온 이야기를
닭이 울도락
아버지 쎄닐으노니—

기름ㅅ불은 짬박이며 듯고,
어머니는 눈에 눈물이 고이신대로 듯고
니쳐대든 어린 누이 안긴데로 잠들며 듯고
우ㅅ방 문설쑤에는 그사람이 서서 듯고,
큰 독 안에 실린 슬픔 물 가치
속살대는 이 시고을 밤은
차저 온 동네ㅅ 사람들처럼 도라서서 듯고,

—그러나 이것이 모도 다
그 녜전부터 엇던 시연찬은 사람들이
싯닛지 못하고 그대로 간 니야기어니

이 집 문ㅅ고리나, 지붕이나,
늙으신 아버지의 찻하듸 착한 수염이나,
활처럼 휘여 다 부친 밤한울이나,

84

이것이 모도다

그 네전부터 전하는 니야기 구절 일러라.

　　　　　　　—「녯 니약이 구절」 전문, 『신민』 21호(1927.1), 작품집 미수록분[51]

　"나가서도 고달피고/돌아와서도 고달펏노라/열네살부터 나가서 고달펏노라."고 회상하는 시적 화자의 이야기를 듣는 작품 속의 여성들을 배경으로 시인은 가족의 무한한 사랑을 구체화한다. 그런데 이 시에 드러나는 회고적 어조는 리듬과 이미지와 함께 이 시에 개성적인 특질을 더하고 있다. 지용이 사회적 경험의 과정마다 어조나 리듬이 다른 시가 씌어졌다는 사실은 그의 시적 태도가 고정되거나 경직되지 않고 유연하게 변화를 거듭했다는 것을 말해준다.

　시를 담화의 일종으로 보는 데 있어서 원용될 수 있는 이론은 야콥슨의 이른바 수평설이 있다.[52] 이것은 '발신자', '수신자', '메시지', '접촉', '기호체계', '맥락'의 6개 전달체계로 이루어지는데 이 시에서도 발신자인 시인이 보내는 메시지(텍스트)를 청자가 수신하는 수평적 관계를 이룬다. 시인인 화자가 자신의 정감적 반응을 개성을 살려서 자신의 목소리로 드러내는 것인데 '－불럿노라', '－고달펏노라', '－쎄닐으노니－'와 같이 '-ㄹ, -ㄴ' 등 유성자음의 부드러운 회고조로 내용을 나타냄으로써 심리적 기분이나 감정적 토운의 표현에 힘쓰고 있는 것을 알 수 있다.

　한편 시의 어조가 시인의 정서적 반응을 강조하였다면 이 시기 지용의 시에 나오는 '배'나 '기차'와 같은 이국의 문물들은 슬픔의 정조를 자아내는 시인의 시적 소재가 되었다. 바다를 바라보면서 내면의 풍경을

---

51 이숭원, 『원본 정지용 시집』, 깊은샘, 2003, 328쪽.
52 R. Jakobson, *Closing Statement Linguistics and Poetics*, Thomas A. Sebeok(ed), *Style in Language* (The M. I. T. Press, 1960), pp.353-357. 김준오, 『시론』, 삼지원, 1982, 274~275쪽에서 재인용.

묘사하는 「해협」은 '바다 위의 배'라는 한정된 공간에서 명랑함을 결여한 감정, 다시 말해 "투명한 어족이 행렬하는 위치에/훗하게 차지한 나의 자리여"와 같이 외부와 단절된 자신만의 내면 공간을 표현한다. 또 「파충류동물」이나 「슬픈 기차」, 「기차」에서 나오는 기차는 경이의 대상이 아니라 슬픔의 정서를 드러내기 위한 객관적 상관물로 제공되고 있다. 이 시에서처럼 유년의 기억 속으로 회귀하는 방식은 지용이 모더니즘 시를 쓰는 동안에도 지배적으로 드러나는데, 시인의 기억 속에 자리잡고 있는 자연의 시간으로 몰입하는 것은 시인이 일찍이 홀로 떨어져나와 객지생활에서 오는 좌절감에서 벗어나려 했거나 건조한 도시의 일상에서 탈출하려 했던 것으로 짐작된다.

> 벌동 쩌러진 곳,
> 마음해 두엇다
> 다음날 가보려,
> 벼르다 벼르다
> 인젠 다 자랏소.
>
> —「별똥」전문, 『학생』2권 9호(1930.10), 23쪽. 『정지용시집』에 재수록

정지용이 '농촌 공동체에 대한 향수'를 전통적인 율격으로 시화(詩化)한 시들은 대부분 "1926년과 1927년 『조선지광』 64호와 『학조』 1, 2호에" 실었고, 1935년에는 『정지용 시집』 3부에 실었다.

이 시는 1926년 『학조』 창간호에 '童謠'라는 표제와 함께 덧붙인 글[53]로 발표된 것을 1930년 『학생』에 율격을 더해 새롭게 실은 것이다. 3·3

---

53 "별똥이 쩌러진 고슬 나는 쯕 밝는날 차저가랴고 하였엇다. 별으다 별으다 나는 다 커버렷다."
(『학조』 창간호, 1926). 배호남, 「정지용 시의 갈등 양상 연구」, 경희대학교 대학원 박사학위논문, 2008, 129쪽에서 재인용.

조 2음보격의 이 시는 3·3조와 3·4조가 혼용된 「하눌 혼자 보고」(1926년『학조』)나 1행 10음절 3음보격의 「산에서 온 새」(1927년『신소년』), 3·3조 2음격의 「별똥」(1930년『학생』)과 함께 정지용이 4·4조의 2음보격의 전통적 민요의 율격을 기저로 다양한 율격을 시험한 시 중 하나이다.

산넘어 저쪽에는
누가 사나?

쌔국이
고개 우에서
한나잘 우름 운다.

산넘어 저쪽에는
누 가 사나?

철나무
치는 소리만
서로 바더 찌 르 렁.

산 넘어 저쪽에는
누 가 사나?

늘 오던
바늘 장수 도
이봄 들며 아니 뵈네.

— 「산님어 저쪽」, 『신소년』 5권 5호(1927.5), 4~5쪽

이 시는 1927년 『신소년』에 실린 작품이다. 2행, 3행으로 된 4·4조 2음보의 전통 율격을 따르는 이러한 형식은 1932년 『문예월간』과 1935년 『정지용 시집』에 수록되기까지 수정 보완되면서 지속되었다. 1927년 5월 『신소년』에 실린 원문을 1932년 『문예월간』과 1935년 『정지용 시집』에 실린 원문을 대조하여 살펴보면 다음과 같다.

산너머 저쪽에는
누가 사나?

쌔싹이 영우에서
한나잘 우름 운다.

산너머 저쪽에는
누가 사나?

철나무 치는 소리만
서로마저 써르렁.

산너머 저쪽에는
누가 사나?

늘 오던 바늘장수도
이봄들며 아니뵈네.

—「無題」 전문, 『문예월간』 3호(1932.1), 66쪽

산 너머 저쪽에는

누가 사나?

뻐꾸기 영 우에서
한나절 울음 운다.

산너머 저쪽에는
누가 사나?

철나무 치는 소리만
서로 맞아 쩌 르 렁!

산 너머 저쪽에는
누가 사나?

늘 오던 바늘 장수도
이 봄 들며 아니뵈네

—「산너머 저쪽」, 『정지용 시집』(1935), 98~99쪽

1927~1935년 사이 동일한 시를 수정 보완하여 새롭게 보여주는 위의 시들은 정지용 시가 변모하는 과정의 면모를 구체적으로 알 수 있게 한다. 1927년에 창작된 시가 1932년을 거쳐 1935년까지 오면서 달라진 점은 구성과 음수율에서 보다 정제된 면모를 보여주는 점이다.

이 시 2연을 보면 『신소년』(1927)에서 세 줄의 시행으로 이루어진 것이 『문예월간』(1932)과 『정지용 시집』(1935)에서는 두 줄의 시행으로 변모하고 있다. 4연에서두 1927년-1932년-1935년 사이 순차적으로 3행-2행-2행으로 바뀌고 6연에서 3행-2행-2행으로 변모한다. 『신소년』에서

2연의 5음절 시구와 4연의 3음절 시구가 『문예월간』과 『정지용 시집』으로 옮겨오면서 4음절의 민요 율격에 가까워지고 있음을 볼 수 있다. '동요'라는 표제로 1927년 발표된 시는 2행, 3행, 5행의 들쑥날쑥한 시행에서 점차 2행 1연의 정형적 율격을 따르고 있음을 볼 수 있다. 이것은 정지용이 시의 리듬에 대해 지속적인 관심을 기울였다는 것을 말한다.

또한 예전에는 3음보나 4음보와 같은 음보의 원리나 자수율이 있어 음보나 글자 수대로 행과 연을 갈랐는데 정지용의 시에서는 연과 행 구분의 원리를 주관적이고 창의적으로 구분하는 것을 볼 수 있다. 주관적인 입장에 따라서 시의 의미의 비중을 자유롭게 하는 것이다.

『신소년』의 2연에서 뻐꾸기를 한 행에 올려놓아 다른 시어들보다 "뻐꾸기"를 조금 더 강조하였다면 "뻐꾸기 영우에서"를 한 행으로 처리한 『문예월간』(1932)이나 『정지용 시집』(1935)은 "영우에서"라는 공간성에 비중을 두는 것이다. 4연도 마찬가지로 "철나무"에 비중을 두느냐 "철나무 치는 소리"에 비중을 두느냐에 따라 행갈이를 달리하고 있다. 마지막 연에서 시인의 의중이 "바늘장수"라는 '사람'에 있는 것인지 '늘 오던 바늘 장수가 오지 않는 것'에 대한 소회를 드러내는 것인지 이 또한 행갈이 한 것을 통해 느낄 수 있다.

1927년의 『신소년』에 발표한 시의 마지막 연에서 아무래도 도드라지는 시어는 한 행으로 처리한 "늘 오던"일 수밖에 없는데, 화자가 살고 있는 이곳은 "뻐꾸기만 한나절 영우에서 울고" "철나무 치는 소리만 쩌르렁" 울릴 정도로 고요한 마을이다. 이렇게 조용한 마을에 그나마 "늘 오던" 장수가 이 봄 들어오지 않으니 산 너머 저쪽을 바라다보며 화자는 바늘장수를 기다리는 것이다. 1920~30년대 방물장수는 세상 여기저기를 돌아다니며 물건도 팔고 소식을 알려주던 존재였다. 한적한 산골 마을 사람들이 외부인을 만날 수 있는 기회는 흔치 않았던 상황에서 언제부턴가 이 시의 화자는 그런 방물장수를 기다린다. 바늘장수는 화자와 무관하게 스쳐가는 상인일 뿐인데 왜 그토록 간절하게 그를 기다릴까?

방물장수는 바느질 도구나 머릿기름, 화장품 등을 파는 장수에 불과하지만 화자의 이야기 상대가 되기도 한다. 그를 만나면 조용한 시골 밖의 세상 이야기를 마음껏 들을 수 있다. 화자에게 바늘장수는 마치 『어린 왕자』에 나오는 '장미꽃'과 같은 존재일 수 있다. 어린왕자를 알게 모르게 길들인 존재가 장미였듯이 산속 외로운 화자를 길들인 것은 바늘을 파는 방물장수였던 것이다. 1927년도 시인이 발표한 「산너머 저쪽」에서 '늘 오던'이란 시어에 그 의미와 뉘앙스를 부각한 이유를 이쯤에서 독자들은 헤아릴 수가 있다. 1932년과 1935년도에는 '늘 오던'과 '바늘 장수'를 한 행에 놓아 그 비중을 나란히 했는데 이 역시 쉽게 짐작이 가는 부분이다. 시인의 의도에 따른 행갈이와 연갈이를 통해 시에서 그 의미나 이미지가 전혀 다르게 나타날 수 있다는 것을 정지용은 이 시에서 보여준다.

3) 패턴상 변조를 보이는 시 –「風浪夢」,「바다」,「슬픈 汽車」분석

한편 지용의 시를 리듬론적 측면에서 살펴보면 전통 율격을 창조적으로 계승하여 그의 사상과 감정을 현대적으로 담아내고 있음을 확인할 수 있다. 전통적 리듬을 바탕으로 한 다양한 음악성의 차원에서 현대시의 가능성을 보여주는 다음 시들을 살펴보도록 한다.

당신 게서 오신 다니
당신 은 엇지나 오시랴 십니가.

꼿 업는 우름, 바다를 안으올 새
葡萄빗 밤 이 밀녀 오 드시,

그 모양 으로 오시랴 십니가.

당신 게서 오신 다니
당신 은 엇지나 오시랴 십니가.

물 건너 윗단 섬, 銀灰色 巨人 이
바람 사나운 날, 덥처 오 드시,
그 모양 으로 오시랴 십니가.

당신 게서 오신 다니
당신 은 엇지나 오시랴 십니가.

窓 박게 는 참새 째 눈초리 묵어웁 고
窓 안에 는 시름겨워 턱 을 고일 째,
銀고리 가튼 새벽 달
북그림 성 스런 낫가림 을 벗드시
그 모양 으로 오시랴 십니가.

괴로운 조름, 風浪에 어리울 째
압 浦口 에는 구진 비 자욱히 둘니 고
行船 배 북이 웁니다, 북 이 웁니다.

—「風浪夢」 전문, 『조선지광』 69호(1927.7), 11쪽

이 시에서는 패턴상의 변조를 보이는 비정형적 띄어쓰기가 주목된다. 그러나 이 시에서 띄어쓰기는 띄어쓰기 자체로만 헤아리는 것은 별 의미가 없다. 통사와의 관계에서 살펴본다면 띄어쓰기를 한 화자의 의도

가 강세의 조절에 있음을 알게 된다. 가령 '당신ˇ게서', '오신ˇ다니'와 같은 어절의 띄어쓰기는 '당신'과 '오다'를 강조하기 위한 것이라는 것을 알게 된다.

이 시의 의미의 초점은 기다리는 임이 어떤 모습으로 오는지에 맞춰져 있다. 모양을 나타내는 '엇지나'의 반복을 통해 언젠가 와야 할 임이 어떠한 모습으로 올지, 검은 파도처럼 올지, 무인도에 사는 거인처럼 올지 새벽달처럼 부끄럽게 올지 궁금해하는 것이다. 그래서 모양을 나타내는 '엇지나'에 의미의 강세가 놓인다. 그것은 2연의 "밀려오듯이", 4연의 "덮쳐 오듯이", 6연의 "낯가림을 벗듯이"와 같이 직유의 형식으로 어떤 모습으로 올 것인가에 대한 유추를 하고 있다.

임이 어떤 모습으로 오는지에 대해 화자의 증폭되는 관심은 화자가 꾸는 풍랑몽에서 기인한다. 그러한 이미지와 정서는 특정구문의 반복과 변주가 산출하는 음악적 효과를 통해 보이고 있다. "밀려오듯이", "덮쳐 오듯이"와 같은 반복적 문구는 풍랑의 이미지를 드러내면서 어둡고 슬픈 심정으로 임을 기다리는 화자의 정조를 드러낸다.

연 마지막에 쉼표와 마침표를 규칙적으로 배치하여 정형적 템포를 형성하지만 행 내부의 띄어쓰기와 함께 각기 다른 시행으로 호흡마디의 변화를 가져오는 비정형적 양상에 주목할 수 있다. 먼저 1연과 3연은 2행, 2연과 4연은 3행, 5연은 2행으로 구성된다. 이러한 특정 시행의 반복과 변주는 점층적 빠르기의 양상을 보이면서 템포의 변화를 야기한다. 2, 3행의 완만한 휴지와 템포에 의해 구현되던 호흡이 6연에서는 5행의 완급한 템포의 시행을 가져온다. 이것은 6연의 내용이, 반복되는 시구 "당신께서 오신다니/당신은 어찌나 오시랴십니까"의 2행의 호흡마디를 부각시키며 오시는 임의 구체적 양상을 보여주기 위함이다.

등시성에 기초하는 음보는 일정한 길이로 음들을 묶거나 분할한다. 2호흡 마디와 3호흡 마디가 교차하는 이 시에서 정지용이 통사 분단과 음보 분단의 긴장을 적절히 이용하는 것을 알 수 있다. 통사적 분단 역시 동일한 음의 길이로 적절하게 분할되었을 때 자연스럽다. 음의 길이를 변주함으로써 긴장을 유발하고 그것은 결국 시인이 말하고자 하는 의도를 효과적으로 표현한다. 이 시에서는 그리운 이를 기다리는 화자의 애절함을 율독의 빠르기와 템포의 변화로 조절하고 있다.

바둑 돌 은
내 손아귀 에 만져지는 것이,
퍽은 조흔 가보아.

그러나 나 는
푸른 바다 한복판 에 던젓 지.

바둑 돌 은
바다 로 각구로 써러지는 것이,
퍽은 신기 한가 보아.

당신 도 이제는
나를 그만 만 만지시 고,
귀를 들어 팽개를 치십시오.

나 라는 나 도
바다 로 각구로 써러지는 것이,
퍽은 시원 해요.

바둑 돌 의 마음 과

이 내 심사 는,

이아무 도 몰으지라 요.

—「바다」 전문, 『조선지광』 65호(1927.3), 14쪽

정지용 시에서 호흡 리듬의 독특한 양상을 음가의 연장에서 찾아보았다면 이 시에서는 띄어쓰기의 차이에서 살펴볼 수 있다. 체언과 조사, 본용언과 보조 용언의 의도적인 분절은 그 시각적 표지로 인해 분절되는 어근을 감각적으로 강조하고 소리의 청각적 효과를 준다. 다시 말해 띄어쓰기 기법은 율독의 효과와 상관적이지만 시에서 이미지와 의미를 부각시켜 주제를 살리는 효과를 지닌다. 강조하고자 하는 핵심 단어를 분절시킴으로써 그것들이 시 전체를 아우르는 키워드가 되는 것이다. 가령 분절된 "바둑 돌", "나 는"이나 "당신 도"는 중심 대상을 강조하고 "신기 한가", "만지시 고", "시원 해요", "몰으지라 요"에서는 띄어 쓴 어휘를 강조함으로써 시인의 정조를 드러낸다.

3연의 "바둑돌의 마음"과 5연의 "나의 심사"는 같다. '나'나 '바둑돌'은 바다로 거꾸로 떨어지는 것을 퍽이나 신기하고 시원하게 느낀다. 1연에서 바둑돌은 화자의 손아귀에 만져지는 것을 좋아했지만 화자에 의해 바다로 던져지는 것을 신기하게 여긴다. 그런 것처럼 화자 역시 "당신"도 이제 "그만" 자신을 만지고 내던지라고 주문한다. 그러면 바둑돌처럼 바다로 떨어지는 화자의 마음이 시원할 것이라는 것이다.

시인은 호흡마디를 의도적으로 분절함으로써 시적 정조나 분위기를 형상화한다. 단어의 분절이 분위기를 환기시킨다면 이러한 시각적 표지는 '돌려서 말하기'라는 시의 용법과 가깝다. 가령 '나는 너를 사랑한다' 대신에 '나는 매일 밤 너의 창문에 뜨는 별을 지켜보았어'라고 한다면 '있는 그대로 말'하지 않고 '돌려서 말하기' 식의 시적 용법에 충실한 것이다. 이 시에서 '바둑돌'을 '바둑 돌'로 띄어쓰기함으로써 '바둑'을 강조

하는데 이때에도 독자는 '귀여운 바둑이'를 연상할 수 있다. 그런 귀여운 사물에 비유되는 '화자'는 왜 푸른 바다 한복판에 떨어지기를 바랐을까? 장난스럽고 귀여운 소년의 이미지와 '바다 한복판'이라는 시적 공간의 설정으로 '생의 모험'이나 '사랑의 모험'이 연상된다. 6연에서 바둑돌의 마음과 화자의 심사는 아무도 모를 것이라는 열린 결말은 독자에게 더욱 재미있는 상상의 여지를 남겨 준다.

우리 들 의 기차는 아지랑이 남실거리는 섬나라 봄날 왼 하루를 익살
스런 마드로스파이프로 피우며 간 단 다.

우리 들 의 기차는 노오란 배추 꽃 비탈밧 새 로 헐레벌덕어리 며 지나
간단 다.

나 는 언제 듯 슬프기는 슬프나 마 마음은 가벼 워
나 는 차창 에 기댄 대 로 회파람 이나 날 니자.

먼 데 산이 軍馬처럼 쉬여오 고 각가운데 수풀이 바람처럼 불녀가 고,
유리판을 펼친 듯, 瀨戶內海 퍼언 한 물. 물. 물. 물.
손가락을 담그 면 葡萄 비치 들으렷 다.
입술에 적시 면 炭酸水처럼 싈으렷 다.
복스런 돗폭에 바람을 안 고 뭇 배 가 팽이처럼 밀녀가 다 간,
나븨 가 되어 날러 간다.

나 는 차창 에 기댄 대 로 옥톡기 처럼 고마운 잠 이나 들 자.
靑 만틀 깃 자락 에 매담 R의 고달핀 쌤이 붉으레 피여 잇다. 고흔 石炭
불처럼 익을거린다.

당치 도 안은 어린 아이 잠재기 노래를 불음은 무삼 뜻이뇨.

잠 들어 라.
가여 운 내 아들 아.
잠 들어 라.

나 는 아들 이 아닌 것 을, 웃 수염 자리 잡혀가 는, 어린 아들이 버얼서
아닌 것 을.
나 는 유리 쪽 에 각갑한 입김을 비추어 내 가 제일 조하 하는 일음
이나 그시며 가 자.
나 는 늬긋 늬긋 한 가슴을 蜜柑 쪽으로 나 써서 나리 자.

대수풀 울타리 마다 妖艷한 官能 과 같은 紅椿 이 피매쳐 잇다.
마당 마다 솜병아리 털 이 폭신 폭신 하고,
지붕 마다 연기 도 안이 뵈는 해ㅅ벼치 타고 잇다.
오오. 개인 날세 야. 사랑 과 가튼 어질 머리야. 어질 머리야.

靑 만틀 깃 자락에 매담 R의 가여운 입술 이 여태ㅅ것 쩔 고 잇다.
누나 다운 입술 을 오늘 이야 실컷 쩔 하며 감 노라.
나 는 언제 든지 슬프기는 하나마,
오오. 나는 차 보다 더 날러가쟈 지는 안이 하랸 다.

　　　　　　　　　　　　　　—「슬픈 汽車」전문, 『조선지광』 67호(1927.5), 89~91쪽

정지용이 '근대 체험'을 다룬 이 시는 근대가 주는 매혹보다 어두운
상념과 슬픔이라는 모더니스트로서의 시인의 개인직 감상을 담고 있다.
내면의 분열상태는 그의 시정신과 시형식에서 갈등 양상을 보이는데 정

지용이 시정신의 전반적인 측면에서 전통과 모더니티 사이에서 갈등을 보인 것처럼 이 시에서는 어린아이에 대한 슬픔과 R의 기억에 대한 고민과 갈등 양상을 노정하여 주체의 분열상태를 보인다.

이 시에서 수평적으로 펼쳐지는 물질 공간인 '우리들의 기차'는 수직적으로 깊어지는 과거의 기억과 병치되고 있다. 1연과 2연에서 "우리들의 기차는 ~ 간단다"와 같은 통사적 문맥의 반복은 '간단다'라는 '가다' 동사 어간에 '단다'의 종결어미를 붙여 화자가 이미 알고 있는 현실적인 의식을 반복해서 친절하게 가르쳐 주는 병렬적 표현방식이라 할 수 있다. 시적 생성의 원리로서 반복과 변주의 언술 구조가 내포하는 것은 개념적 해석의 차원으로 달리는 기차가 화자의 무의식에 잠재된 기억과 함께 달리는 것을 의미한다. 다시 말해 '간단다'의 회기는 시간적 지속을 나타내면서 기억 속의 아들을 떠올리고 있는 것이다.

이 시의 전체에서 시의 리듬을 나타내는 것은 병렬과 대비, 대칭, 점층 구조이다. "나는 언제든 슬프기는 슬프나 마음은 가벼워/나는 차창에 기댄 대로 휘파람이나 날리자"에서는 병렬적 구조로 드러난다. 4연에서 "손가락을 담그면 포도빛이 들으럿다/입술에 적시면 탄산수처럼 끌으럿다"에서는 대칭구도가 표출되고 7연에서 "나는 아들이 아닌 것을, 윗수염 자리 잡혀가는 어린 아들이 버얼서 아닌 것을"에서 보이는 점층적 표현이 두드러진다. "나는 ~ 자"의 반복적 서술형 종결어미의 사용으로 대칭구도가 이루어져 음악적 효과를 형성하기도 한다.

이러한 과정 속에서 드러나는 '기차'는 반복되는 대자 존재이고 현실적 표상이 되는 기차와 더불어 화자의 기억은 즉자 존재가 되는 셈이다.[54] 순수 지각인 기차는 현실적 표상이고 순수 기억인 '아들 생각'은 잠

---

[54] 이 시의 반복과 변주의 언술 구조가 내포하는 것은 개념적 해석의 차원으로 무의식에 잠재된 기억이 달리는 기차 안에서 함께 달리는 것을 의미한다. 이러한 반복은 차이를 형성하는데 메르그손의 관점이 물질적 반복과 정신적 반복을 구별하는 것이다. 오형엽, 『한국 모더니즘 시의 반복과 변주』, 소명, 2015, 53~61쪽.

재적 표상이다. 기차(물질)와 기억(아들)은 상호 침투하여 회귀하고 있으며 변주의 방식으로 상호 교차하며 원환적 형태를 생성한다. 물질적 반복과 정신적 반복구조가 상이한 수준에서 공존하는 것이다.

이 시에서 시적 화자의 내면적 동력이 되는 기차가, 남실거리는 섬나라와 노란 배추꽃 비탈을 달려가는 것처럼 3연에서 화자는 나르키소스적 자아동일성을 보존하지 않고 결핍을 조건으로 변신의 단계를 거치고 있다. 4연에서의 내용은 단순한 반복의 유희가 아니라 우연한 것, 다양한 것, 차이 나는 것을 전개시키며 새로운 것(나비)을 만들어내는 생성의 원리로 작용한다.

4. 리듬 의식에 대한 실험 정신

정지용 시의 연구가 그동안 단순히 언어의 시각화나 이미지에 치중했다면 그의 시의 중요한 일면인 음악성을 무시해버린 결과이다. 음악성이 제한된 형태로 수행되어온 정지용 시연구는 연구가 갖추어야 할 방향성 제시나 미적 가치로 작용하는 시의 리듬에 대한 현대적 요소를 설명하지 못하고 있다. 그것은 시의 음악성이 가진 미적 가치를 간과하여 리듬 의식에 대한 다양성과 역동적 창조성을 지나치게 한다. 정지용 시의 음악적 내재율에 대한 검토가 필요한 것은 그의 시가 언어의 소리로서의 특징을 살린 리듬과 의미를 잘 결합하여 시의 제 요소를 내적으로 통합하는 시어의 현대화를 이루었기 때문이다.

정지용이 왕성하게 활동했던 1920년대 후반부터 1930년대에 이르는 기간은 일제강점기 근대화가 격렬하게 진행되던 시기였다. 근대의 제도와 문물이 유입되던 시기에 한국시사에서도 근대의 체험이 본격적으로 형상화되는 것은 당연한 일이었다. 근대화가 삶의 방식으로 구체화됨으로써 이 시기 작가들도 서구의 모더니즘을 수용하기 시작했다.

모더니티는 과거의 전통을 부정하고 근대의 새로운 전통을 창조한 뒤, 그 새
로운 전통마저 다시 부정하고 재전유하면서 끊임없이 모더니티 자체를 갱신해
나가는 '새로움에의 추구'로 정의될 수 있다.[55]

정지용 역시 모더니티에 대한 자각[56]과 함께 전통적인 세계관과 생활
방식이 와해되었고 언어에 대한 근본적인 변화가 시작되었다.[57] 하지만
한국인의 근대 체험은 서구 중심의 '근대화 추구'라는 보편성과는 다른
관점으로 이해해야 하는데, 일제강점기라는 식민지 상황을 고려해야 하
기 때문이다. 일제의 근대화 과정이란 식민지 침탈과정 속에서 수용된
서구화 과정이다. 이러한 굴절은 당대 모더니스트들에게 일본 제국주의
에 의한 '계몽'이라는 세계사적 보편성과 식민지라는 민족사적 특수성
사이에서 갈등으로 나타났고, 전통에 대한 일정한 태도를 요구하게 되
었다.[58]

정지용은 언어에 대한 예민한 감각으로 부조리한 세상을 폭로하는데
그가 『학조』 1호에 발표한 「카페-프란스」나 「슬픈 印象畵」, 「爬忠類動
物」에서 '선택'과 '배치'라는 언술의 구성적 원리로 근대적 정신을 표출
하는 데서 알 수 있다. 이는 그가 언어에 대한 새로운 자각으로 모국어

---

55 J. 하버마스, 윤평중 역, 「근대성: 미완의 과제」, 『푸코와 하버마스를 넘어서』, 교보문고, 1990,
105~106쪽.
56 모더니티란 본래 전통 비판의 한 형식이다. 모더니티의 관점에서 볼 때 "예술가는 규범적인 과
거의 전통과 단절되어 있으며, 전통은 예술가에게 본받을 만한 선례나 지침을 제공할 아무런
합법적인 권리를 갖지" 않는다. M. 칼리니스쿠, 이영욱 外 역, 『모더니티의 다섯 얼굴』, 시각과
언어, 1993, 6쪽.
57 서준섭, 『한국 모더니즘 문학연구』, 일지사, 1988. 전봉관, 「1930년대 한국 도시적 서정시 연
구」, 서울대학교 대학원 박사학위논문, 2003, 33~37쪽에서 재인용.
58 김윤식은 당시 한국적 모더니티의 특수성을 "일본 제국주의에 대한 거부와 한국적 전통의 옹
호라는 식민지적 특수성"으로 간주하고 주권상실에 대한 '상실감의 회복'으로 분석했다. 김윤
식, 『한국근대문예비평사연구』, 일지사, 1976, 202~203쪽.

의 가치를 높이고 우리 시가 가진 현대성을 보여줌으로써 한국 현대시 사에서 높이 평가받는 시인임을 증명하는 일이 된다. 다음 시들을 분석 하는 과정에서 그가 어떻게 리듬 의식에 대한 미학적 형상과 의미의 효 과를 만들어내는지 알아보도록 한다.

1) 감각의 시―「카페―프란스」,「슬픈 印象畵」,「爬忠類動物」 분석

A

옴겨다 심은 棕櫚나무 미테
빗두루 슨 장명등,
카페―프란쓰에 가자.

이 놈은 루파스카.
또 한놈은 보헤미안 네ㄱ타이.
쎗적 마른놈이 압장을 섯다

밤ㅅ비는 배ㅁ눈처럼 가는데
페이브메ㄴ트 에 흐늑이는 불빗.
카페―푸란쓰 에 가자.

이 놈의 머리는 갓익은 능금.
또 한놈의 心臟은 벌레먹은 薔薇
제비 처름 저진 놈이 쮜여간다.

B

「오— 파로트 (鸚鵡) 서방! 굿 이부닝!」

「이브닝!」

—이 친구. 엇더 하시오?—

추립브(鬱金香) 아가씨 는

이밤 에도

更紗 커-튼 미테서 조시는 구려.

나 는 子爵의아들 도 아무것도 아니란다.

남달니 손 이 희여서 슯흐구나.

나 는 나라도 집도 업단다.

大理石 테이블 에 닷는

내 쌔ㅁ이 슯흐구나.

오오, 異國種 강아지 야

내 발을 할터다오.

내 발을 할터다오.

—「카페—프란스」 전문, 『학조』 1호(1926.6), 89~90쪽

정지용은 일본 유학을 통해 서구 사상을 접하였다.[59] 일본을 통해 서구

---

59 우리 시가 서구 시와 처음 접촉을 한 것은 프랑스 상징주의 시가 소개되면서부터이다. 상징주의 시론이 자유시론 형성의 모태가 된 측면에서 보자면 김억의 「시형의 음율과 호흡」이라는 창작 시론을 통해서 알 수 있다. 비록 "자수율 이외에 다른 리듬의 요소를 기대하지 않"지만 '호흡률'을 유일한 자유시론으로 말하고 있는 그는 이 시기 상징주의 시론으로부터 리듬 의식에 눈을 뜨게 되는 과정을 읽게 한다. 1918년 『태서문예신보』의 「프란스 시단」이란 글에서 안서는

보편의 형식적 영향을 받았지만 한국인이라는 정체성은 식민지적 현실로부터 일정한 거리를 두고 지용시에 꾸준히 영향을 미쳤다. 정지용 초기시에서 영미 모더니즘 시론을 수용한 이국 취향의 성격을 드러내는 반면 정지용이 언어에 대한 예민한 감각으로 시적 형상화에 성공한 데에는 리듬에 대한 천착과 함께 새로운 리듬의 양식을 고양시키는 노력을 게을리하지 않았기 때문이다.

1연과 3연에서 "카페-프란쓰에 가자"와 같은 행과 연의 반복과 병치는 전통적인 우리 시의 창작방법을 활용하고 있다. 또한 위의 시는 그 내용면에서도 망국민의 애환을 함축하고 있어 시대적 의식의 변화를 나타내고 있다고 볼 수 있다. 청유형 언어 '~가자'를 반복적으로 사용하는 행위는 실제로 듣는 이의 마음을 움직여 의도했던 반응을 얻어내려 하거나 친교의 기능을 목적으로 하는 것이 아니다. 화자의 발화는 현실 세계에 대해 어떤 것을 말하면서 다른 것을 뜻하게 되는데 그 속에 화자 자신의 섬세한 감정이나 심리가 실려 있다.

의미를 이루는 본질적 속성이 내포라면 이 시에서는 각 발화들이 서로 연결되는 형식으로 그 의미가 전체 문맥 속에 녹아 있다. 가령 고향에 대한 상실감을 '보헤미안', '빗쩍 마른', '벌레 먹은' 등의 시구에서 찾아볼 수 있는데 이런 비유는 일제 강점기의 젊은 지식인들을 상징한

이미 관습적 운율 체계를 타파하여 얻어진 것이 자유시가 아니라 리듬에 대한 새로운 관심으로부터 얻어질 수 있다고 간파하고 있다. 이것은 자유시론의 맹아가 1910년대에 이미 백대진·안서·황석우 등에 의해 내포되고 있었음을 말해준다. 말라르메의 지적 상징주의를 소개한 것이 백대진이고, 베를렌, 구르몽, 시몬스 같은 감정적 상징주의를 소개한 것은 김억이다. 한계전·홍정선·윤여탁·신범순 외,『한국 현대시론사 연구』, 문학과 지성사, 1998, 48~52쪽.
"시에는 '영률(靈律)'한 맛이 있을 뿐이다. 기교라 함은 결국 '영률의 정돈(整頓)'에 불외(不外)하다. 다시 말하면 율(律)이라 함은 기분의 조목(오리매)을 이름일다. 이 기분의 기(機)의 기미(機微)를 앎에 이르러야 비로소 일인(一人)의 시인됨을 얻는다. [···중략···] 시는 회화적 요소와 공히 음악적 요소와의 정을 한 예술일다. 그러므로 '음향(音響)'은 시란 참 인격의 호흡 그 맥의 고동일다. 이것이 보통 시의 음악성 등이라고 하는 자(者)일다." 라고 한 황석우 역시 당시 한국의 시단이 자유시적 형식을 서구로부터 수용하고 있음을 지적하면서 '자유시론'으로서 '호흡률'을 강조하고 있다. 황석우,「詩話」,『매일신보』, 1919.9.20.

다. 그들은 '나라도 집도 없'는 식민지의 인텔리들이다.

이 시에 등장하는 인물들은 '루바시카'라는 러시아식 외투를 입거나 보헤미안 넥타이를 하고 비뚜러진 능금과 벌레 먹은 장미와 같은 머리와 심장을 갖고 있다. 이것은 자기 정체성을 갖지 못하고 현실에서 비껴선 인물들을 비유한다. 이러한 존재 인식은 '옮겨다 심은 종려나무'나 '빗두루 선 장명등', '졸고 있는 튤립' 같은 사물을 통해서도 형상화된다. 이러한 자조적 슬픔은 실향이나 망국의 의식으로부터 비롯된다.

부족하고 어리석은 인간이나 부조리한 세상을 폭로하는 문학형태로 '풍자'의 형식을 들 수 있는데 이 시에서 풍자의 어조를 드러냄으로써 세상에 대한 냉정한 인식을 표출하고 있다. 다시 말해 겉으로 드러난 어조는 자조적인 데 반해 숨은 어조는 저항적이다. 가령 "「오-파로트(鸚鵡) 서방! 굿 이부닝!」"에서 환기되는 의미는 일제 치하 조선의 어떤 젊은 지성인들은 자신을 남의 말이나 흉내내는 앵무새처럼 자각했다는 점이다. 그것은 "나는 나라도 집도 없단다"와 같이 이어진 내용으로 유추되고 있거니와 이 시대 젊은이로서 마땅히 해야 할 바람직한 일을 하고 있지 않는 스스로를 폭로하고 있는 것이다. 또한 그러한 언행은 자신이 건강한 정신의 소유자가 아니라는 자조적인 의식을 표출하는 것이다. 커튼 밑에서 졸고 있는 아가씨는 말할 것도 없고 이 시에 나오는 등장인물들은 하나같이 '빗쩍 말랐'거나 '벌레 먹은' 심장을 가졌거나 빗두루 슨 장명등을 지나 할 일 없이 카페 프란스를 향하는 존재들에 불과하다. 그러므로 이 시는 있는 그대로의 현실을 풍자함으로써 있어야 할 현실을 지향하는 시라고 볼 수 있다. 이러한 의식의 고달픔은 「카페 프란스」 외에도 지용 시 전반을 통해 시의 형식과 내용을 통해 드러나고 있다.

한편 이 시에서 시인은 이국 생활의 고달픔과 외로움을 "大理石 테이블에 닿는" 차가운 느낌으로 전해준다. 전체 시에서 보이는 시각적 묘사 외에도 7연과 8연의 "대리석 테이블에 닿는", "이국종 강아지야 내 발을 훑터다오"에서 보이는 것처럼 신체의 감각을 통해 자신의 정서를 표현한다.

이상섭은 「촉각의 시학」에서 정지용이 "몸의 특정 기관보다 온몸으로 느끼는"[60] 시인이라고 하였다. 그것은 말소리의 음향적 효과로도 드러나고 있다. 3연의 '밤'과 '뱀'이 'b'과 'm'처럼 동일한 자음을 사용하여 소리의 상동성을 드러낸다. 리듬의 기본 의미는 음성의 변별적 차이에서 비롯된다. 음성의 분할에 의해 우리의 감정과 사상이 구분되는데 '밤'과 '뱀'은 'ㅏ'와 'ㅐ'라는 음가의 차이에서 의미의 구별이 이루어진다. 이것은 "밤비가 뱀눈처럼" 가늘게 내리는 시각적 이미지를 강화하면서 가느다란 뱀이 살갗 위를 기어가는 듯한 촉각도 함께 느끼게 하는 것이다.

정지용의 언어적 장치들은 전통적인 형식을 파괴하여 "꾼 이브닝"처럼 글씨 색깔을 진하게 하거나, "오-파로트(鸚鵡) 서방!"과 같은 이야기 담화로서의 언어, 다시 말해 특정 개인이 만들어낸 현실적인 언어를 사용하기도 하여 모더니스트로서 언어에 대한 예민한 감각을 시적으로 형상화한다. 이승훈은 이것에 대해 "전통적인 시의 형식이 보여주는 정태성을 파괴하는 이른바 역동성"[61]이라고 하였다.

수박 냄ㅁ새 품어오는
후주군 한 첫녀름의 저녁째

머—ㄴ 海岸 쪽
포풀이— 늘어슨 큰기ㄹ로
　電—登—電—登.
　電—登—電—登.

---

60 이상섭, 「촉각의 시학」, 『자세히 읽기로서의 비평』, 문학과지성사, 1988, 228쪽.
61 이승훈, 『한국 모더니즘 시사』, 문예출판사, 2000, 34쪽.

헤엄쳐 나온 것 처름

흐늑이며 깜박어리는 구나.

침울 하게 울녀오는

築港의 汽笛소리●●●기적소리●●●

異國情調 로 퍼덕이는

稅關의

　　旗ㅅ발.

　　旗ㅅ발.

세메ㄴ트 깐 人道側 으로

사풋 사풋 옴겨가는 하이얀 洋裝의點景.

그는 흘너가는 失心한風景이여니.

부질업시 오레ㄴ지 껍ㅂ질을 씹는 슯흠이여니,

아아. 愛利施·黃!

그대는 上海로 가는구료……

—「슬픈 印象畵」전문, 『학조』 1호(1926.6), 90쪽

　근대 이전 성리학적 이념의 예술적 결정체가 정형률을 가진 시조라면
근대시는 그러한 정형시를 부정하고 하나의 심층적 구조로서 근대적 정
신과 감성의 대응물임을 밝히면서 생겨났다. 형식 그 자체를 매번 새롭
게 완성하는 이러한 자유시는 단순히 소리 형태뿐 아니라 내적인 의미
까지 고려하면서 우리시의 언어적 특성과 원리에 주목한다. 소리의 반
복적 규칙과 아울러 음소에서 언술의 차원까지 선택과 배치라는 구성적
원리에 따라 다수의 부분들이 하나의 체계를 만들어 내기 위해 통합되

어지는 것이다.

위의 시는 2분박의 구조 속에서 동일한 음소의 반복으로 음성동심원을 만들어 실심한 풍경을 한숨처럼 묘사하고 있다. 또 소리의 효과를 만들어내는 통사구조의 의식적인 반복 배열은 미묘한 리듬을 형성하면서 시적 이미지를 드러낸다. "전-등-전-등"과 같은 동어 반복은 깜박거리는 전등의 이미지를 언어(소리)의 측면으로 그려내고 있다.

2연의 "포플이~깜박거리는구나"에서 분행에 의해 휴지를 설정함으로써 화자의 의도대로 템포를 제어한다. 그 의도된 배분으로 읽기의 속도를 조절하거나 충돌하면서 화자의 의도와 정서를 강조하는 것이다.

2연 5행과 6행의 "헤엄쳐 나온 것처럼/흐늑인다"에서 5행 끝에 위치한 단어 '-처럼'은 그 앞부분 '헤엄쳐 나온 것'과 다음 행 '흐늑이며'를 의미적으로 연결하면서 강제적인 호흡을 조정하고 있다. 그것은 그 앞행의 "전-등-전-등"과 같은 리듬 운동성과 상응하면서 그 음성 특성은 시각적 효과를 드러내는데, 가로등의 깜빡거림이 이 시의 특이한 분행에 의해 그 시각적 효과와 함께 음악성을 부여하는 것이다. 이것은 유희나 기교의 차원이 아니라 경험을 예리하게 포착한 것이다.

한 호흡으로 읽어야 하는 리듬 단위가 분행으로 속도가 제어되면서 느려지는 변칙적인 흐름은 앙장브망(enjambement, 시행걸침)의 효과이다. 시의 템포를 결정하는 이러한 휴지는 3연 1행 '침울 하게'와 같이 명사와 접미사의 띄어쓰기에서도 드러난다. 강제적인 호흡의 조정은 정지용 시에 있어서 의미의 강조를 드러내거나 그 의미의 편안한 이해를 방해하기도 한다.

속도의 변칙적인 흐름은 신체적 체험에서 감지되는 정서적 체험을 드러내기도 하는데 4연의 "시멘트 깐 인도측으로/사폿 사폿 옮겨가는 하이안 양장의 짐경"에서 "사폿사폿 옮겨가는"은 그 위의 행으로 올려붙여 "시멘트 깐 인도측으로 사폿사폿 옮겨가는"으로 읽어야 더 자연스러운 문장이 된다. 시인이 앙장브망을 사용한 이유는 핵심적인 어구를 한 행으로 처리하거나 핵심적인 단어를 독립적으로 놓아 화자의 심정을 노출하는 계기를 마련하기 위함이다. 이 시에서는 행간걸침에 의한 시행이나, 분절된 단어로써 좋아하는 사람을 떠나보내며 그 쓸쓸한 심사를 느러내기 위해서 사용하였다.

양장 차림의 그 사람이 사뿐사뿐 걸어가는 모습과 대비되어 차가운 거리에 남은 화자의 이미지는 거센소리의 음성적 차원에서도 드러난다. 부질없이 오렌지 껍질을 씹거나 하는 화자의 정조는 '첫녀름', '포풀', '큰길' '침울하게', '축항', '퍼덕이는', '세멘트'에서 보듯이 거센소리의 자음들이 연이어 이어지는 것과 관련지어 생각해볼 수 있다. 비슷한 음운론적 성질의 소리 동심원들은 이미 그 소리들에 암시되는 의미를 시 전체에 산포한다.[62]

떠나가는 사람은 '하이얀 양장' 차림이고 '옴겨가는' 걸음걸이도 '사뿟사뿟' 가볍다. 'ㅇ' 'ㅁ' 'ㅅ'과 같은 명쾌한 소리를 나타내는 자음 계열체에 비해 연구개를 막았다가 세게 터뜨려 숨이 거세게 나오는 연구개 파열음 'ㅊ'과 거친 소리를 드러내는 자음 'ㅋ' 'ㅌ' 'ㅍ'과 같은 특정음소의 반복은 시멘트 차가운 길에서 친구와 이별하는 이질적이면서 침울한 분위기를 드러낸다. 또 '헤염', '해안', '후주근', '흘러가는', '슾흠' '愛利施·황'에서도 'k$_h$'의 동일 계열 소리가 등가적 의미를 드러내어 주체의 슬픔, 공허 등을 효과적으로 형상화한다.

한 편의 시에서 지배적으로 출현하는 음운은 시 텍스트 전체의 구조에 기입되는데, 반복해서 출현하는 음소가 전체 의미론적 특성과 관련되기 때문이다. "리듬이 시의 의미론적 자질과 무관"하다고 본 바흐친의 논점[63]에 반해 권혁웅은 리듬이 의미론적 연관의 '상호작용'에서 발생하

---

62 권혁웅, 앞의 책, 431쪽.
63 "리듬은 […중략…] 작품 전체의 강조 체계가 지닌 모든 측면 사이의 무매개적 연관을 창조함

는 것으로 보았다. 위의 텍스트에서도 음운들은 의미론적 자질을 가지고 "텍스트 전체의 어휘적, 통사적 층위와 충돌하면서 다른 의미를 생산"[64]하고 있는 것을 볼 수 있다.

이 시는 시 전체가 아니라 부분적인 구조에서 비슷하거나 규칙적인 시의 마디가 반복되지만 대체로 고정적이지 않은 음절수로 되어 있다. 음수율보다 시간적 등장성으로 파악하는 음보율로 읽는 것이 타당하다. 2연은 각 행마다 다른 음절수이지만 2음보의 박자개념과 동일한 글귀의 반복 "전-등-전-등"과 같은 언어로 시각의 감각화를 보인다. 3연에서도 "축항의 기적소리에 이어지는 도상적 이미지는 연기를 뿜으며 나아가는 선체의 이미지를 연상시킨다. 연쇄적인 동그라미의 병행이 마치 몽글몽글 연기가 피어오르는 것처럼 시각적 효과를 주고 있다. 정지용의 다른 시 「파충류동물」에서도 시와 검은 동그라미를 나란히 배치시켜 소리와 이미지를 동시에 표현하고 있다. 이러한 면에서 정지용이 1920년대부터 일기 시작한 아방가르드 시에 공감대를 얻었으리라는 암시를 받는다. '언어적 구조에 대한 천착'이라는 점에서 볼 때 아방가르드는 서구적 개념의 모더니즘의 한 범주에 포함된다.[65] 정지용은 「카페-프란스」「슬픈 인상화」 등에서도 파편적인 문자나 자유로운 활자의 크기 조절를 통해 안정된 의미의 문장구도를 파괴한다.

시각에 의한 문자의 도상성을 '포말리즘'[66]이라고 할 때 정지용은 형태에 의한 시각적 리듬을 나타내는 시들을 1926년도 동경 유학생 잡지 『학조』에 발표하였다. 장철환은 정지용이나 이상이 1920~30년대 사이

으로써 어떤 말 속에도 잠재되어 있게 마련인 화자 및 발언의 사회적 성격을 그 맹아로부터 파괴한다." 미하일 바흐친, 전승희 옮김, 『장편 소설과 민중 언어』, 창비, 1998, 108쪽.

64 권혁웅, 앞의 책, 429~431쪽.

65 김윤정, 『한국 모더니즘 문학의 지형도』, 푸른사상사, 2005, 12~23쪽.

66 "예술 작품의 형식을 중요시하는 예술이론"으로 "문학성을 철저하게 ⏌ 언어적 소식과 일체화"시키는 형식적 방법을 가리킨다. 형식주의 비평의 큰 갈래로는 '러시아 형식주의'와 '영미의 신비평'이 있다. 『우리말 샘』, 국립국어원, http://opendict.korean.go.kr/m/seal

에 포말리즘으로 간주되는 시를 썼으나 김기림은 포말리즘에 대해 경계적인 태도를 보인다고 하였다. 그는 김기림이 시를 청각적인 '멜로포이아(melopoeia)', 시각적인 '파노포이아(phanopoeia)', 비감각적인 '로고포이아(logopoeia)'로 나누는 에즈라파운드를 따른다고 하면서 '멜로포이아'를 과거의 시로만 한정하는 에즈라파운드를 추구하는 김기림을 두고 그는 소리의 청각적 구현 없이 "언어를 통해 매개된 시"가 어떻게 의미와 이미지의 독자적 전개가 가능한가를 묻는다.[67]

「슬픈 印象畵」는 전체를 통합하는 하나의 호흡률은 존재하지 않지만 언어를 통한 감정의 시각화와 청각화로 비교적 상관적으로 음악성을 추구한다. 이 시 4연 5행에서 "그는 흘러가는 失心한 風景이어니"는 앞에서의 2음보와 2음보 연첩의 음보에 비해 불균형을 이룬다. 관형사 '실심한 풍경'으로 분절하지 않고 1음보로 읽었을 때 5행은 3음보가 된다. '실심한'과 '풍경'을 떼어 읽을 때는 '흘러가는 실심한/풍경'처럼 통사적 경계가 모호해진다. 물론 그때 흘러가는 정황으로 보아 '실심한 정조'를 강조하기 위해 시인이 인위적인 분할을 할 수 있지만 이 시에서는 그렇게 하지 않았다. 4연 6행의 "부질없이/오렌지 껍질을 씹는/슬픔이여"는 음량의 차이로 자연스럽지 않은 소리가 교차한다. 이것은 시의 균장성을 위해 '부질없이'와 '슬픔이여'를 느리게 읽고 '오렌지 껍질을 씹는' 부분에서는 빠르게 읽음으로써 그러한 속도가 미묘한 리듬을 형성한다. 음절의 조절에 의한 이질적인 소리의 교차가 시적 주체의 심리상태와 이미지의 연결을 가능하게 하는 것이다.

　　식거먼 연기와 불을 배트며

　　소리지르며 달어나는

---

67 장철환, 「김기림 시의 리듬 분석─문명의 '속도'의 구현 양상을 중심으로」, 『현대문학의 연구』 42, 한국문학연구학회, 2010, 377쪽.

괴상하고 거—창 한 爬蟲類動物.

그녀ㄴ 에게
내 童貞의結婚반지 를 차지려갓더니만
그 큰 궁등이 로 쎄밀어

…털 ㅋ 덕…털 ㅋ 덕…

나는 나는 슬퍼서 슬퍼서
心臟이 되구요
여페 안진 小露西亞 눈알푸른 시약시
「당신 은 지금 어드메로 가십나?」

…털 ㅋ 덕…털 ㅋ 덕…털 ㅋ 덕…

그는 슬퍼서 슬퍼서
膽囊이 되구요

저 기—드란 쌍골라 는 大腸.
뒤처 젓는 왜놈 은 小腸.
「이이 — 저다리 털 좀 보와!」

…털 ㅋ 덕…털 ㅋ 덕…털 ㅋ 덕…털ㅋ덕…

六月ㅅ달 白金太陽 내려쏘이는 미대
부글 부글 쓰러오르는 消火器管의妄想이여!

赭土 雜草 白骨을 짓밟부며

둘둘둘둘둘 달어나는

굉장하게 기―다린 爬蟲類動物.

―「爬蟲類動物」 전문, 『학조』 1호(1926.6), 작품집의 미수록분[68]

　정지용이 1926년 경도 유학생 학회지 『학조』에 발표한 이 「爬蟲類動物」은 확대된 글자의 표기로 시각적 차원에서 독특함을 주고 있다. 일본의 근대 풍경 속에서 정지용은 감각적 대상을 이성적으로 드러내기보다 감각적 시어라는 미적 방식으로 표현하였다. 파충류 동물에 비유된 원관념 기차는 시인이 일본에서 접한 새로운 문물 중 하나이다.

　이 시기 일본 제국주의에 의해 강제적으로 수행된 근대화는 또 다른 지배담론에 해당한다. 이에 맞서는 '시 정신'을 시인은 위의 시에서 구체적인 '시 형식'으로 풀어낸다. 1연에서는 시각을 위주로 이국의 경물을 보여주고 3연에서는 촉각적 이미지를 통해 대상이 지니는 특별함을 효과적으로 전달한다. 또 3연과 5연, 8연의 동일한 음성상징의 반복이나 4연과 7연의 동일한 통사구조의 반복으로 시인이 전달하고자 하는 객관적인 내용을 시적인 언어로 전경화한다. 다시 말해 구체적 현실 속에서 일어나는 현상이나 사물에 대해 시인이 가지고 있는 경계심이나 거부감을 "털크덕 털크덕"이란 점층적인 반복 요소들이 이루는 시적인 리듬으로 형상화하는 것이다. '털크덕'이란 낱말은 뭔가 넘어가지 못하고 '걸리게 되는 경계'에서 나는 소리를 지시한다. 또 폐쇄음 'ㅌ' 'ㅋ' 등의 반복 사용은 이 시의 제목에서 유추되는 꺼끌꺼끌한 비늘로 덮여 있는 거북이나 악어를 연상케 한다.[69]

68 이승원, 앞의 책, 322~323쪽.
69 지용은 이 시 외에도 「우리들이 기차」와 「기차」에서 인간을 현혹하면서 전도된 가치를 내포하

르네 윌렉(Rene Wellek)과 오스턴 워렌(Austin Warren)은 호음조와 악음조 음이 가지고 있는 고유한 요소에 의해서 리듬감이 조성된다고 보았다. 그들은 탁하고 둔한 느낌을 주는 악음조는 그 음이 가지고 있는 이러한 요소로 리듬감을 살리는 데 일조를 한다고 보았다. 정지용 역시 이렇게 호음조와 악음조를 이용하여 그의 시에서 종종 발랄하거나 둔탁한 느낌의 리듬감을 창조한다. 이 시에서는 기차를 접한 시인의 놀라움을 파충류 동물에 빗대어 비유하고 있는데 이때 악음조로 표상되는 소리의 생경함은 시인의 신체적, 정서적인 분위기를 드러낸다.[70]

황정산은 자유시가 율격 허용의 범위가 넓기 때문에 쉽게 그 모형을 추상화하기가 곤란하지만 실제 작품의 구체적 문맥 속에서 개인적인 운율의 실체와 작용을 구체적으로 분석하는 것이 필요하다고 하였다.[71] 위의 「爬蟲類動物」 역시 정해진 형식이나 운율에 구애받지 않은 자유로운 형식을 지니고 있다. 전체 시를 총괄하는 하나의 단일한 호흡률은 존재하지 않지만 이러한 불균등한 리듬감은 이 시의 리듬 자질을 통해 시적 성과를 밝혀낼 수 있다.

는 물신화와 자본적 현실에 자기 응시의 시선을 고정시킨다. '기차'를 인간학적 사태로 치환시켜 "기술복제에 의해 미적 아우라가 소멸되는 현대성"(벤야민)의 행태에 도전한다. '기차'를 고상하고 거창한 파충류동물에 비유함으로써 그것이 인간을 새로운 세계로 이끄는 동시에 인간의 삶과 세계의 본래성을 망각시키는 양가성에 대해 주목한다(여태천, 「정지용 시어의 특성과 의미」, 『한국 언어문학』 제56호, 한국언어문학회, 2006, 250쪽). 이 시에서 역시 기차는 세계의 의식과 공조 체계를 이루지만 현대성의 불안을 드러내기도 한다(김석준, 『현대성과 시』, 역락, 2008, 53~61쪽). 이광수의 진화에 대한 자기의식을 강조하는 과정에서 김동식은 이광수의 관찰을 빌어 이 시기 청년들의 인생관을 숙고한다. 철도와 전기 등 근대적 문명이 자리를 잡았고, 서구의 문학과 과학이 소개되고 번역되는 상황 속에서도 이들은 숙명론적 인생관을 유지했는데 이것은 "근대적 문명이 배치된다고 해서 인생관의 변화가 저절로 수반"되지 않는다는 것을 뜻한다(「김동식 민족 개조와 감정의 진화―1920년대 이광수 문학론에 대한 예비적 고찰」, 『한국문학연구』 29, 인하대학교한국학연구소, 2013, 38~39쪽).

70 Rone wellek, Austin Warren, *Theory of literature*(3rd edition), penguin Books, 1966, p.169. 양왕용은 지용의 자유시지향성을 가진 시에서 두드러진 시의 양상을 호음조와 악음조의 교차 현상으로 보았다. 그는 음성상징과 국어에서 자음 중, 유음이나 고설음, 파찰음등을 리듬감을 형성하는 호음조와 악음조로 보고 있다. 김은자·양왕용, 「鄭芝溶 詩에 나타난 리듬의 樣相」, 『정지용』, 도서출판 새미, 1996, 267쪽.

71 황정산, 앞의 글, 13쪽.

객관적 상관물을 이용하여 상투의 틀에서 벗어나는 이 시는 이른바 '낯설게 하기' 기법으로 독자를 긴장시킨다. '생략'과 '우회' 등 자유시형의 다양한 음악적 성격과 함께 의도적으로 시의 즉각적 이해를 지연시키는 이러한 '낯설게 하기' 방식은 고정된 실체가 아니라 비정형적으로 교섭하는 공간 안에서 시의 매력을 새롭게 탄생시킨다.[72] 정지용은 이러한 용법을 활용하여 하나의 대상을 다른 사물과 접합시키고 제2의 사물을 통하여 우회적으로 그 의미를 드러낸다. 그러므로 그 시를 읽는 독자들은 작가의 의도, 즉 시 속에서 꼭 외부적으로 확인되어야 할 하나의 실체를 찾지는 않는다.

2) 경계의 시 ―「유선애상」 분석

정지용의 「유선애상」은 그의 시작 전체를 통해 매우 이질적인 작품에 속한다. 시인은 1936년부터 산문을 대거 발표하는데 이 시는 산문시를 쓰기 바로 전 비슷한 시기에 씌어진 작품이다. '유선형 물체'가 유행하는 당대 풍속에 대한 매혹이나 신경증을 다루고 있는 이 시는 결과적으로 정지용이 이 시를 경계로 스피드를 추구하는 문명의 세계를 떠나 산수시(山水詩) 계열로 넘어간 것이라 볼 수 있다.

> 생김생김이 피아노보담 낫다.
> 얼마나 뛰어난 燕尾服맵시냐.
>
> 산뜻한 이 紳士를 아스빨트우로 곤돌라인 듯

---

72 언어의 친숙함을 가장 비시적인 것으로 규정하는 쉬클로프스키는 시의 문학성이 "시어의 낯설음의 구조에 있다"고 밝힘으로써 "뭔가 새롭게 생각하고 느끼도록 활력을 주는 언어의 창조"가 "산문과 구별되는 시어"라고 보았다. 홍문표, 앞의 책, 309~310쪽.

몰고들다니길래 하도 딱하길래 하루 청해 왔다.

손에 맞는 품이 길이 아조 들었다.
열고보니 허술히도 半音키-가 하나 남았더라.

줄창 練習을 시켜도 이건 철로판에서 밴 소리구나.
舞坮로 내보낼 생각을 하예 아니했다.

애초 달랑거리는 버릇 때문에 굳인날 막잡어부렸다.
함초롬 젖여 새초롬하기는새레 회회 떨어 다듬고 나선다.

대체 슬퍼하는 때는 언제길래
아장아장 팩팩거리기가 위주나.

허리가 모조리 가느래지도록 슬픈行列에 끼여
아조 천연스레 굴든 게 옆으로 솔쳐나자-

春川三百里 벼루ㅅ길을 냅다 뽑는데
그런 喪章을 두른 表情은 그만하겠다고 팩- 팩-

몇 킬로 휘달리고나서 거북 처럼 흥분한다.
징징거리는 神經방석 우에 소스듬 이대로 견딜 밖에.

쌍쌍이 날러오는 風景들을 뺨으로 헤치며
내처 살폿 엉긴 꿈을 깨여 진저리를 쳤다.

어늬 花園으로 꾀여내어 바늘로 찔렀더니만

그만 胡蝶같이 죽드라.

—「유선애상」전문, 『시와 소설』 창간호(1936.3), 10~11쪽

　이 시는 1930년대 새로운 문물과 풍습을 접하는 시인의 모순감정을
드러낸다고 볼 수 있다. 당시 유행하던 자동차를 먼발치에서 구경만 하
던 화자가 자신도 하루 빌려와 타본 경험을 이야기한 것으로 볼 수 있는
데 도대체 너란 정체가 무엇이냐? 라는 심정이 그의 어조에서 묻어나온
다. 가령 "몰고들 다니길래", "하도 딱하길래", "얼마나 뛰어난 연미복
맵시냐", "철로판에 밴 소리구나"와 같은 구어체의 반어적 문구가 반복
되는 속에서 객관적 거리감을 드러내는 냉소적 태도가 엿보인다. 이것
은 궁극적으로 현대 도시의 문물이 전근대적인 삶의 풍경을 밀어버리는
형세이다. 이전까지 선명한 이미지와 정제된 시어로 섬세한 시적 경향
을 추구해온 지용이 「유선애상」에 와서 돌발적인 변화의 기미를 드러내
는 것을 근대 문물에 대한 반어적 태도로 볼 수 있다. 다시 말해 근대문
물에 도취된 인간 군상을 비판하는 시각을 '애상'이라는 시의 제목과 긴
밀히 연결하고 시의 본문에서 냉소적인 내재율로 리듬을 조성하여 시인
의 인식을 형상화하고 있는 것이다.

　근대에 들어 시장 경제의 발달로 자본주의가 태동하고 그러한 과정에
서 개인은 하나의 독립적인 존재로 부각되었다. 지용이 초기의 집단적
리듬 형식인 민요적 율격을 넘어서 개별적 주체 경험을 은유적 리듬 의
식으로 드러내는 이유도 여기에 있다. 서로 다른 사물들의 특징들이 뒤
섞이고 자리바꿈하는 가운데 암시되는 주제나 독특한 시각은 결과적으
로 "당대의 풍속에 대한 애상"으로 연결되고[73] 도시 풍속이나 문명에 대

---

[73] 소래섭, 「정지용의 시 「유선애상」의 소재와 의미」, 『한국현대문학연구』 20, 한국현대문학회,
　2006, 82쪽.

한 비판의식이 '신경방석'의 현실과 꿈의 경계를 넘어 자연의 세계인 '나비'의 풍경으로 이어지는 것이다. 따라서 지용의 시가 후기의 '산수시'로 넘어가는 가는 경계에 이 시가 있다는 것은 시사하는 바가 크다.

「유선애상」은 구인회의 기관지 『시와 소설』 창간호(1936.3)에 처음 실린 작품이다.[74] 1941년 발간된 두 번째 시집 『백록담』에 실려 있지만 그의 후기시인 자연 서정시와는 거리가 있다. 『시와 소설』은 당대 모더니스트 문인들이 창간한 문학지였다. 이 잡지에 이상이나 박태원 같은 동료 시인들은 초현실주의 기법의 작품을 내놓았다. 정지용도 실험성이 돋보이는 작품 「유선애상」을 선보이려 했던 것인데 이 작품은 도시적 삶의 조건 속에서 식민지 지식인의 무력감이 드러난다. 또한 작품의 난해한 해석을 둘러싸고 다양한 의견이 제기되었고 논란의 핵심이 되었다.

「유선애상」의 시적 대상을 각자 다르게 해석한 인물들은 다음과 같다. 1930년대 문화사의 맥락에서 이 시가 자동차임을 입증한 황현산[75]과 오리의 곡선형 몸체를 암시하면서 '오리에 대한 슬픈 생각' 정도를 압축했다는 이숭원이 있고 그 외 이근화는 담배 파이프, 권영민은 자전거, 김명리는 곤충, 임홍빈은 안경으로 해석하였다. 또한 김용직은 우산, 한상동은 아코디언, 오리, 자동차로 분석하기도 하였다.[76] 한편, 신범순은 「유선

---

74 구인회라는 문학단체는 특별히 표방하고 나선 구호가 없었고 특별한 문학적 관습이나 규범이 없었다. 하지만 『시와 소설』은 단체의 자유로운 분위기 속에서도 언어적·형식적 실험정신을 추구한 바, 지용의 「유선애상」을 비롯하여 김유정의 「두꺼비」, 이태준의 「설중 방란기(雪中芳蘭記)」, 이상의 「街外街傳」이 그러한 작품들이다. 이 중에서 「유선애상」은 제목이 무엇을 말하는지 얼른 파악이 안 되는 작품이다. 또한 시어와 소재 해석에 있어서도 쉽사리 파악이 되지 않는 작품이지만 하나의 대상을 나타내기 위해 제2의 사물을 통하여 우회적으로 보여줌으로써 대상을 새롭게 재구성한다. 장영우, 「정지용과 '구인회'-『시와 소설』의 의의와 「유선애상」의 재해석」, 『한국문학연구』 제39집, 동국대학교 한국문학연구소, 2010, 149~154쪽.
75 황현산은 이 시의 대상을 '자동차'로 보고 "열고보니 허술히도 半音키-가 하나 남았더라"에서 '반음키'는 자동차 구조물 중에서 '클랙슌'으로 해석한다(황현산, 「정지용 「누뤼」와 「연미복의 신사」」, 『현대시학』, 2004.4, 199~200쪽). 그런데 소래섭은 황현산의 이러한 해석에 대해 '기능적으로 설계된 클랙슌'이 차체에 허술하게 붙어 있는 것에 대해 의문을 던진다(소래섭, 앞의 글, 2006, 68쪽).
76 신범순, 「정지용 시에서 병적인 헤매임과 그 극복의 문제」, 『한국 현대시의 퇴폐와 작은 주체』,

애상」이 '버려진 현악기를 주워 연주하다가 씌여진 것'이라고 분석하면서도 이 시에 나오는 '어떤 것'이 악기나 오리, 택시 등 모든 것이 될 수 있고 그 어느 것도 아닐 수 있다고 주장했다.

사실 여러 작가들이 이 시의 소재를 자동차나 오리, 악기로 보았다고 해서 그것이 시의 도달점은 아니다. 그것은 그저 출발점이 되는 것으로 주도적인 의미론적 중심에 놓이는 것은 시적 변신술에 있다고 할 수 있다.

위의 시 1연에서 시인은 '뛰어난 연미복 맵시'라는 은유적 표현을 써서 유선형 물체를 자동차에 비유한다. 이어 2연 이하의 연에서 각기 다른 이미지로 자동차를 반복 병치시킨다. 자동차가 별로 없던 1930년대 사람들은 자동차를 아스팔트에서 물 위의 곤돌라처럼 몰고들 다녔다. 마치 베니스의 운하를 유선형의 곤돌라가 자유롭게 오가는 것처럼 이 자동차를 맵시 있게 몰고 다녔다. 그것을 바라만 보던 화자는 큰맘 먹고 자신도 어느 하루 중고 자동차를 빌려 왔다.

3연에서 자동차를 처음 만져보는 느낌이 길이 잘 든 것처럼 흡족했으나 막상 열고 안으로 들어가 보니 밖에서 보는 것과는 달리 내장된 차의 기구들이 허술하기만 하다. 시동을 거는 키는 자연스럽지 않고 그 소리도 철로판에서 나는 소리처럼 거칠기만 하다. 4연의 "무대로 내보낼 생각을 아예 아니했다"는 애초 이 차를 가져올 땐 물 흐르듯("곤돌라인 듯") 유연하게 자동차를 타고, 원하는 곳으로 내달리려 했는데 아예 그 생각을 접게 되었다는 것이다.

성능이 안 좋아 사랑을 받지 못하던 자동차는 5연에서 꼭 그와 비슷한 여성으로 비유된다. 날이 궂은 날 화자는 잘 걸리지 않는 자동차 시동을

신구문화사, 1998, 67쪽; 이숭원, 『20세기 한국 시인론』, 국학자료원, 1997; 이근화, 『정지용 시 연구』, 고려대학교 대학원 석사학위논문, 2001, 42쪽; 권영민, 「종래의 지용 시 해석에 대한 문제 제기」, 『문학사상』, 2003.8; 김명리, 「정지용 시어의 분석적 연구」, 동국대학교 대학원 석사학위논문, 2001. 31쪽; 임홍빈, 「정지용 시 '유선애상'의 소재와 해석」, 『인문총론』 53집, 2005, 244~248쪽.

억지로 건다. 자동차는 회회 떨면서 적극적으로 시동을 걸어준다. 이 부분에서 자동차는 차분하지 않고 그렇다고 쌀쌀맞게 시치미를 떼는 매력적인 여성상에 비유되지 않는다. 오히려 방정맞고 헤픈 여자의 상으로 비춰진다. "함초롬 젖어 새초롬하기는새레[77] 회회 떨어 다듬고 나선다"에서 새로에(조사)의 뜻을 가진 '새레'는 '고사하고', '그만두고', '커녕'의 뜻을 나타내는 보조사이다. 이러한 반어적인 어조에서 화자가 대상을 바라보는 시선이 곱지 않다는 것을 알 수 있다. 6연에서는 세워놓은 채 내보낼 생각을 않던 자동차가 시동을 걸자 자신이 그러한 처지였다는 것을 금새 잊은 것처럼 슬퍼하는 기색도 없이 밖으로 빠져나온다. 그러는 가운데서도 차의 성능은 여전히 좋지 않아 '팩팩' 소리를 낸다. 이 단락에서뿐 아니라 시 전체에서 시인의 자동차에 대한 양가적 인식은 계속된다. 이 시의 시대적인 배경을 살펴본다면 만주사변에 이어 중일전쟁이 장기화되던 때이다. 1930년대 초 일제는 한국에 기계공업을 이식하였다.[78] 외국 자본에 의한 상품 판매의 전위로 내세워진 허상(자동차)을 시인은 비판적 어조로 진술함으로써 식민지 한국 지식인의 열패감을 만회하고 있다고 볼 수 있다.

10연에서 자동차의 속력과 빠르게 바뀌는 바깥 풍경들은 화자가 살던 시기의 시대적 풍경과 흡사하다. 화자는 변화하는 환경을 즐기지만 그와 함께 앉은 자리가 불편하기도 하다. 당시 유행하던 이 유선형 자동차는 구시대와 신시대의 경계에서 선 화자 자신을 비유하는 것일 수 있다. "내처 살풋 엉긴 꿈을 꾸며 진저리를 쳤다"에서 가상과 현실의 경계를 넘나드는 시인이 자신의 정체성을 객관적 거리를 두고 바라보는 것임을 짐작할 수 있다. 당시 새로 나온 유선형 자동차는 시인에게 현실을 경험

---

77 "말할 것도 없거니와 도리어"의 뜻을 나타내며 어떤 사실을 부정하는 것은 물론 그보다 더 덜하거나 못한 것까지 부정하는 뜻을 나타내는 보조사이다. 국립국어원 표준국어대사전 http://stdweb2/section/. 네이버 국어사전 http://naver.me/F16Lyisp
78 오재건, 「한국의 자동차 산업 발전사」, 『책으로 보는 자동차 박물관』, 골든벨, 1999, 346쪽.

하게 함으로써 가상을 체험하는 듯한 환상에 빠지게 하였다. 이 환상은 다름 아닌 스피드로 대표되는 자동차에 대한 열광일 수 있는데 소래섭은 유행을 좇는 이러한 당대인들에 대한 문제의식을 '신경방석'이라는 신경증에 비유함으로써 정지용이 '유행과 죽음'이라는 인식으로 받아들였다[79] 고 보았다.

따라서 이 시에서 '流線(유선)'은 하나의 사물을 지칭하는 것이기보다 근대적 유선형 물체들의 혼합된 이미지를 표상하는 것으로 보인다. 해석의 근거를 시의 내적 요소에 한정시켜 의미를 파악하려면 미학적 가치나 의미를 제대로 이해하기 어렵다. 이를 해결하기 위해 우리는 정지용이 이 시를 썼을 때의 시대적 배경을 살펴볼 필요가 있다. '유선형'은 1930년대의 유행의 담론 중 하나였다. 그래서 '유선형'은 유선형 물체뿐 아니라 생활방식과 사고방식, 가치관 및 당시의 소비문화와 관련된 하나의 은유적 발상이라고 봐도 무방하다. 조선일보 학예부장을 역임한 안석영은 '유선형 시대'(1935.2.2.~1935.2.7)라는 만화를 연재[80]하면서 당대 일상적 삶의 흐름을 주도하면서 '패션'이 된 '유선형 시대'를 드러낸다.

「유선애상」에서 지용은 '유선형'으로 대표되는 당시 소란한 도시의 물상이나 그것이 만들어내는 유행의 얄팍한 매혹을 이 시 전체에서 드러나는 반어적 어조나 리듬으로 떨구고 절제된 리듬의 산수시 창작으로 나아간 것이다.

---

79 소래섭, 앞의 글, 290쪽.
80 안석영, 「유선형 도시 비밀론 성인」, 『조선일보』, 1935.2.6.
　　안석영, 「표준 달러진 미남 미녀써」, 『조선일보』, 1935.2.5.

제3장_정지용 후기시의 리듬 양상

정지용 후기시의 리듬 양상

정지용은 1926년 동지사대학 재학 시절에 「카페-프란스」를 발표한 이래로 1935년 첫 번째 시집 『정지용 시집』을 간행했고 1941년 두 번째 시집인 『백록담』을 문장사에서 간행했다. 초기의 모더니즘 시만 가지고 정신의 빈곤을 메꿀 수 없었던 지용은 자아와 자연 합일의 전통 정신을 계승하여 산수시 창작을 전개하였다. 이것이 식민지 시대에 시인의 자존심을 지키고 조선 선비의 품격을 지키기 위해 모색한 새로운 시세계였다. 지용이 이미지즘 감각의 초기 모더니즘 지향성의 시에 전통적이고 고전적인 동양의 세계를 조화시켜 자신만의 새로운 시세계를 모색한 것은 우리 현대시의 독특한 경지를 확장하는 계기가 되었다.

지용의 후기시 연구는 시집 『백록담』에 담겨 있는 리듬 의식의 전통성과 근대성의 측면에서 살펴볼 수 있다. 동양화적인 간명한 자연 세계가 드러나는 『백록담』의 산문 시편들에서는 절제된 감정과 정적인 분위기를 느낄 수 있다. 순수서정과 함께 전통주의를 반영하는 지용의 후기 산문시에서 그가 어떻게 시의 참신성을 획득하고 있는지 시 형태와 리듬이라는 형식미 속에서 시직 기교와 언어미학의 진빔(典範)을 고칠해볼 수 있다.

1. 리듬 구조의 산문율화

1) 형태적 특성으로 본 산문시 리듬의 양상

산문시의 개념 규정은 아직도 모호한데 산문시에 대한 우리나라 『표준국어대사전』의 정의에 의하면 "산문 형식으로 된 시. 시행을 나누지 않고 리듬의 단위를 문장 또는 문단에 둔다. 산문과는 달리 서정적으로 시화하여 묘사하는 데 특징이 있다."고 하였다.[1]

우리나라는 1910년대 서구 산문시를 도입하였는데 이 무렵 일본은 근대시의 성립과정에 있었다. 이 시기는 서구사조가 일본에 이입되는 과정이었고 한국의 문인과 유학생들은 이러한 서구사조에 자극받아 근대 서양 문학을 한국 문예지인 『학지광』과 『태서문예신보』에 번역 소개하게 되었다. 『학지광』(1915)에 실린 김억의 「밤과 나」를 최초의 산문시로 보고 있는데, 이후 연구자들은 주요한의 「불놀이」나 이상화의 「나의 침실로」, 한용운의 「님의 침묵」을 19세기에 발표한 한국 최초의 산문시로 보고 있다. 1930년대의 정신적 상징을 유니크하게 형상화한 정지용의 산문시는 단순한 이미지나 형식의 속박으로터 벗어나 자유롭게 쓰되 시정신을 산문 형식 속에 표현한다. 산문과 운문과의 관계를 언급하는 문장가들의 표현은 다음과 같다.

(1) "산문이 아닌 모든 것은 운문이며 운문이 아닌 모든 것은 산문이다." (2) "산문은 어떠한 규칙적인 크기에도 종속되지 않는 담론이다." (3) "시=산문 +a+b+c [……] 산문=시-a-b-c [……] 이며 a,b,c는 정형시구, 각운, 또는 이미지를 뜻하며 언어의 특수한 속사들이다."[2]

---

1 국립국어원, 『표준국어대사전』 http://stdweb2. korean.go.kr/

이러한 견해는 시의 특수성을 "형식/산문"의 이분법으로 가르는 사고라고 볼 수 있다. 19세기 보들레르는 산문시를 활성화시켰다. 그는 산문과 운문의 이분법을 부정하면서 '일상적인 측면'을 끌어와 디스쿠르의 범주를 넓혔다.[3] 그는 파리 시민의 생활 속에서 우울의 상징을 발견하고 프랑스 파리라는 대도시 안에서 이루어지는 삶의 다양한 모습을 산문시의 문체로 담기 위해 시의 모든 제약으로부터 자유로워지기를 원했다. 그러한 주제 의식을 산문의 시 형태와 미적 양식으로 규명하였는데 그것이 그의 산문시집 『파리의 우울』(1869)이다. 일상의 이야기를 내용으로 하지만 일상 언어와는 다른 시적인 언어로 하나의 시작품의 구조를 획득하는[4] 이러한 산문시는 비서정적인 사물 체계나 객관적 세계에 대해서 투명한 인식을 드러낸다.[5]

자유시의 형식적 차원을 넘어서면서 '내용의 정서'와 '삶의 양식' 등을 포용과 통합의 원리로 구현하는 산문시(Prose poem)는 시적 산문(Poetic prose)과 구분되는데 전자는 시이고 후자는 산문이다.[6] 산문시는 시적 진

---

2 이어지는 산문/운문에 대한 다양한 표현은 다음과 같다. "산문에서 만약 운문을 형성하는 방식으로 단어가 모이게 된다면, 이것은 전적으로 실수이다. 이렇듯 운문 속의 리듬화된 박자나, 충만한 형식에 의존해서 운문을 기억하기 바란다.", "변론가나 산문으로 말하는 자들은, 그들이 시인들에게서 척도와 수를 빌려왔듯이, 시의 여신들의 감미로움이나 운율을 횡령하고 착취하기도 하였다." (1) J.-J. Molière Le bourgeois gentibomme (ActeⅡ. Sceneiv. Edition. presentee, etablie et annotee par Jean serroy), Gallinard, folio theatre, 1983. p.79. (2) Nouveau Vocabulaire de i'Academic francoise, edition de 1830 (3) R. Barthes Le Degre zéri de kecrutyre seuil 1953. p.33. (4) Ciceron, de i'oruleur, trad. E. Courbaud, et H. Bomecque, Les Belles Lettre, 1956, 3vol,Ⅲ, 184, p.75. (5) A. Fouquelin, La Rbetorique francaise, 1555, p.436. 조재룡 앞의 책, 134~141쪽에서 재인용.
3 샤를 피에르 보들레르, 윤영애 역, 「아르센 우세에게」, 『파리의 우울』, 민음사, 2008.
4 "우리 중 누가 한창 야심만만한 시절, 이같은 꿈을 꾸어 보지 않은 자가 있겠소? 리듬과 각운이 없으면서도 충분히 음악적이며, 영혼의 서정적 움직임과 상념의 물결침과 의식의 경련에 걸맞을 만큼 충분히 유연하면서 동시에 거친 어떤 시적 산문의 기적의 꿈을 말이오."와 같이 보들레르는 객관적 세계에 대해 시적인 언어를 구사한다. 샤를 피에르 보들레르, 윤영애 역, 위의 글.
5 이후 파운드는 산문시 개념을 "형식은 산문이지만 내용은 시적인 것이 산문시"라고 정의한다. T.S Eliot, Literary Essays of Ezra pound, London and New York, 1954, p.12.
6 프레밍거는 산문시를 "길이가 비교적 짧고 함축적이라는 점에서 시적인 산문(poetic prose)과 다르다"라고 했고 "행을 나누지 않는다는 점에서 자유시(free verse)와 다르다"고 했다. 또 "내재율(inner rhyme, metrical runs)과 선명한 효과 및 이미저리와 표현의 밀도를 지니고 있다는

술이 행 또는 연 단위로 되어 있는 자유시와 다르게 단락으로 기술되어 있지만 정지용은 그 속에 미묘한 시공간의 흐름을 담아낸다.

일관된 사건의 진술 구조를 특성으로 하는 지용의 산문시는 사건과 공간을 배경으로 인물들이 어떤 행위를 하는 스토리를 담고 있다. 일반적으로 감정의 표출이 서정시의 본령이라고 한다면, 정지용의 산문시는 리듬과 이미지와 같은 시적인 장치들을 살리면서 전통적 요소들을 담아 본격적인 산문시로서의 의의를 가질 만한 단서를 보여준다. 다시 말해 지용의 산문시는 산문이라는 외형적 표현 형식 안에 반복과 대조, 역설, 아이러니 수법을 사용하여 표현의 밀도를 살리면서 참신한 동양적 정신세계를 자유롭게 펼친다. 이것은 그의 초기부터 진행된 시 형태에 대한 실험이며 그렇게 쌓아올린 결과물이다.

또한 그의 시는 발상에서 시작하는 사물 인식의 시나 상황에서 시작하는 상황의 시, 이야기에서 출발하는 이야기체 산문시를 전개한다. 이야기의 구성에 따라 시상이 전개되지만 이미지나 은유와 같은 상징체계를 통해 시적 본령을 지키며 리듬과 상징을 통해 압축과 변형을 도입한다. 산문에서 전개되는 도입, 발전, 갈등, 위기, 결말과 같은 과정 중에서 생략될 부분은 간결하게 서술하고 극적인 부분은 살리면서도 정서적 표현에 힘을 쓴다. 사건의 전개 과정에서 비약과 암시의 기법은 독자들의 상상력을 추동하고 이야기의 진술 과정에서도 언어의 음악적 기능을 살리고 있다. 언어의 음악성 역시 반복적 시구와 음운 배열로 정형률이나 자유율을 따르기도 하지만 산문시에서는 대부분 상상력의 이원적 대립이나 등가성의 반복과 풍자, 역설, 아이러니등 지적인 내재율을 구사한다.

점에서 짧은 형식의 산문(prose passage)과도 구별된다"고 하였다. 자유시나, 산문, 시적 산문과 엄격히 구분하는 이러한 프레밍거의 산문시 정의는 우리나라에서도 자주 인용되는 포괄적인 정의가 된다. A. preminger, *Encyclopedia of poetry and poetics*, princeton university press, 1974, pp.664~665.

내 무엇이라 이름하리 그를?/나의 령혼안의 고흔 불./공손한 이마에 비추는 달./나의 눈보다 갑진이./바다에서 솟아 올라 나래 떠는 金星,/쪽빛 하늘에 힌 꽃을 달은 高山植物./나의 가지에 머믈지 않고/나의 나라에서도 멀다./홀로 어여뻐 스사로 한가러워 ― 항상 머언이,/나는 사랑을 모르노라 오로지 수그릴 뿐./때없이 가슴에 두손이 염으여지며/구비 구비 돌아나간 시름의 黃昏길우―/나 ― 바다 이편에 남긴/그의 반 임을 고히 진히고 것노라.

―「그의 반」 전문, 『정지용 시집』[7](1935.10), 140~141쪽

정지용은 모더니즘적 자유시 창작에 이어 내재율에 대한 탐구를 통해 산문시라는 시 장르를 개척하였다. 그의 산문시는 섬세하고 절제된 묘사와 반복, 은유적 표현들을 쓰면서도 시 속에 '이야기'를 담고 있어 현대적 의미의 산문시 형태를 갖추고 있다.

'산문'과 '시'의 합성어인 '산문시'는 산문처럼 씌여진 시라고 할 수 있다. 정지용의 초기시와 후기시 사이에 위치한 종교시 「그의 반」은 행을 가르고 문장 말미에 명사로 끊어지는 반복적 리듬과 이미저리 등 표현의 밀도를 갖추고 함축적 의미를 특성으로 하면서도 내용을 유장한 느낌의 이야기로 풀어나가고 있다. 이것은 분석적이며 지시적인 언어 기능을 채용하는 산문 형식의 문체이지만 시의 율조를 지키면서 '시정신'을 강조하고 있는 '서정시'에 해당하기도 한다.[8]

정지용은 감각 위주의 시가 갖는 한계를 극복하기 위해 '서구 카톨릭 시즘'으로 나아갔다. 근대적 의미의 모더니티를 지향했지만 곧 시대적

---

7 정지용, 『정지용 시집』, 시문학사, 1935, 140~141쪽.

8 산문과 시의 구별에 대한 어려움을 양주동은 다음과 같이 서술한다. "시와 산문의 구별이 그 형식에 있지 않고, 그 내용에 포함된 리듬에 있는 한에는, 시와 산문을 철저하게 꼭 구별하는 방법 같은 것은 없을 것이외다. 그것은 각자의 견식과 성찰의 의함밖에, 다른 도리가 없겠습니다. 그러므로 혹 어떤 산문 중에는 그 리듬이 시의 그것과 방사한 것도 있습니다. 혹은 시와 거의 차별이 없을 만큼 한 것도 있습니다. 여기까지가 시요 저기까지가 산문이라고 그 리듬의 정도로서 구별할 수 없습니다. 따라서 시에 가까운 산문이 있게 되고, 역으로 산문으로 된 시가 생기는 것

삶의 불균형으로 파탄에 이를지 모른다는 위기감을 느꼈기 때문이다. 그러나 그의 종교에의 귀의는 현실을 배제하고 신과 신앙적 자아 사이의 불균형을 초래한다.

지용이 중기시를 많이 발표한 『카톨릭 청년』은 1933년 8월에 창간되어서 1936년 3월 종간에 이른다. 거의 매달 간행되는 이 잡지의 중심에서 지용은 거의 매호 시와 산문을 발표했다. 이때 지용은 방지거라는 세례명을 한자식으로 고쳐 방제각(方濟各)이란 필명으로 성서를 번역했다. 원래 카톨릭과 관계가 깊었던 지용의 집안에서 그의 아버지는 카톨릭 신자였고 그 역시 미션스쿨인 동지사 대학에 재학하던 시절부터 카톨릭 신자였다. 1930년대 초부터 카톨릭 성향의 시를 썼는데 1931년 『시문학』 3호에 종교시 「그의 반」을 처음 발표하였다. 2년 후 『카톨릭 청년』지에 「갈릴레아 바다」, 「다른 한울」, 「임종」, 「불사조」, 「별 1」, 「은혜」, 「승리자 김안드레아」, 「또 하나 다른 태양」, 「나무」 등을 발표하였다.

전일적 농촌 출신인 지용이 고향을 떠나 도회로 나와 근대의 새로운 체험을 하면서 혼란에 맞닥뜨리게 된 것이 카톨릭 시를 쓰게 된 필연적인 이유가 된다. 전통과 근대의 두 갈림길에서 정신적 공허 상태를 맞게 된 그에게 카톨릭시즘에의 귀의는 정신적 안식처를 제공해주지만 시의 형태나 내용에 있어서는 지극히 피상적이고 도식적인 인상을 넘어서지 못한다.[9] 그의 종교시가 시적으로 형상화되지 못한 것은 지용의 신앙적 자아가 단순하고 단조로웠기 때문이다. 시의 본질이 상상력과 체험의 합일로 이루어지는 것임에도 지용의 종교시에서는 절대적 존재인 신에 대한 숭고함이 우세하고 세속적 자아의 '갈등'이라는 인간적 요소가 다

이올시다. 근세에 생겨난 散文詩라 하는 것이 이것이올시다." 양주동, 「시란 어떠한 것인가」, 『한국시잡지집성』 1권, 태학사, 1981, 194쪽.

9 임화 역시 이러한 정지용의 카톨릭시즘이 인간의 가치와 평등권을 해치고 제국주의 정책과 나란히 나갔다고 주장하면서 역사성의 부재를 들어 그 한계를 지적한다. 임화는 결국 역사의 주체성보다 숙명적 세계관을 지향하는 카톨릭시즘이 갖고 있는 한계를 본 것이다. 송기한, 『정지용과 그의 세계』, 박문사, 2014, 152~158쪽.

소 미약했다.[10]

정지용의 모더니티 지향의 기독교 시는 1930년대 초반에 시작되어 전통 산수시와 더불어 이형 동궤의 정신주의를 드러낸다. 하지만 그의 종교시는 엘리어트가 지적한 것처럼, 영적 교류라는 종교적 국면만을 보게 하는 제한된 의식을 드러낸다. 이것은 전도시 특유의 부분적 특성에 해당하는 것으로 볼 수 있다. 포괄적 예술이어야 할 종교 예술은 상상과 체험의 종합적 이해 양식인 문학과 거리가 멀어지는 것을 경계해야 한다.[11] 이러한 한계를 깨달은 지용은 곧 그것을 메우기 위해 동양적 산수시로 옮겨감에 따라 균형감각을 유지할 수 있게 되었다.

그리하여 카톨릭시즘으로 표현된 '식민지 지식인'의 자기 정체성에 대한 질문은 「장수산 1」을 비롯한 정지용 후기 산문시로 이어진다. 산수시로만 포섭되지 않는 동양적 정신주의는 그의 후기시가 '한국적 전통의 근대적 전유'임을 확인시켜 준다.[12] 다시 말해 그의 동양적 산수시는 전통지향의 측면으로 경사되지 않고 서구 보편 종교시에서 비롯된 근대적 시정신을 바탕으로 재구성된 것이라 할 수 있다.

伐木丁丁 이랬거니   아람도리 큰솔이 베혀짐즉도 하이   골이 울어 맹아리 소리 쩌르렁 돌아옴즉도 하이   다람쥐도 좃지 않고   뫼ㅅ새도 울지 않어 깊은산 고요가 차라리 뼈를 저리우는데   눈과 밤이 조히보담 희고녀!   달도 보름을 기달려 흰 뜻은   한밤 이골을 걸음이란다?   웃절 중이 여섯판에 여섯 번 지고 웃고 올라 간뒤   조찰히 늙은 사나히의   남긴 내음새를 줏는다?

---

10 "시인은 단편적 체험 자체에서 실재를 인식하지 않는다. 즉 시는 체험들을 상상적으로 융합함으로써 실재를 이해하는 양식을 보여준다. 그러나 종교적 이해 양식은 종합적이 아니다. 이것은 체험들을 상상적으로 융합하지 않고 이 체험들을 초월한다. [⋯중략⋯] 만약 종교시가 '신앙적 반응'의 이해양식으로만 성립되었을 때 이것은 엘리어트가 지적한 것처럼 일종의 이류의 시가 된다." 김준오, 「芝溶의 宗敎詩─신앙적 자아」, 『정지용연구』, 새문사, 1988, 43~44쪽.

11 김준오, 위의 책, 42~45쪽; T. S. Eliot, *Religion and Literature*, 「Selected Prose」, penguin Books, 1958, p.34.

12 배호남, 앞의 글, 166쪽.

시름은 바람도 일지않는 고요에 심히 흔들리우노니   오오 견듸란다   차고 兀
然히   슬픔도 꿈도 없이   長壽山속 겨울 한밤내—

—「長壽山」전문, 『백록담』(1946.10), 12쪽

정지용 시세계의 변화에서 특이한 점은 '두 칸 이상 띄어쓰기'를 사용하는 것이다. 시인이 쓴 산문시에서 휴지의 기능은 동일하지 않는데 이 시에서 드러나는 휴지는 여백의 효과를 담당하고 있다. 현실이 과거 평화의 세계와 같지 못하다는 시인의 사유를 여백을 통해 그 이미지와 의미를 확장하는 것이다. 그러한 휴지는 두 칸 이상 띄어쓰기와 같은 기표의 전경화로 감정의 섬세한 맛과 신선감을 살리는데 시인은 이러한 휴지의 배분을 통해 미학적 거리를 조정한다. 다시 말해 이러한 휴지에 의해 만들어진 여백은 메아리를 강조하고 종교적 성수와 같은 순결한 초월적 공간을 드러낸다. '산'과 '나무', '하늘', '달'과 같이 현실에서 벗어난 공간의 설정이 현실도피의 메카니즘으로 볼 수 있지만 1930년대라는 일제치하 암흑기에 언어와 주권을 빼앗긴 시인의 암울한 상황에서 이러한 시적 배경은 신선한 이미지를 드러내고 시인은 현실적 갈등에서 벗어나 초연한 자세를 갖는 것이다.

이 시에 나오는 '伐木丁丁(벌목정정)'은 『시경(詩經)』의 '소아(小雅)', '벌목(伐木)' 편과 김시습의 시문(詩文)에도 나오는 구절이다. 나무를 베는 도끼질 소리에 산중의 정적(靜寂)은 한결 더 깊어진다는 두보(杜甫)의 시구와 '산속의 나무 베는 소리 울릴 때 새들은 즐겁다'고 표현한 김시습의 시를 살펴보면 다음과 같다.

春山無伴獨相求 伐木丁丁山更幽 (춘산무반독상구 벌목정정산갱유)
　친구없이 홀로 찾아가는 봄 산길 고요한데 나무찍는 소리 쩌렁쩌렁 울리네

—두보(杜甫), 「제장씨은거(題張氏隱居)」 중 1수

山中伐木響丁丁 處處幽禽弄晚晴 (산중벌목향정정 처처유금롱만청)
산속에서 나무 베는 소리 정정 울리는데, 곳곳의 숨었던 새들 저녁 햇빛 즐기네.
―김시습(金時習), 「제수락산성전암(題水落山聖殿庵)」[13]

『시경』에서 인용한 것이나 김시습이 노래한 내용이나 '伐木丁丁'은 조용한 산속에서 아름도리 큰 소나무가 베어지면서 내는 소리를 가리킨다. 소리의 배경이 되는 곳은 고요한 산중이다. 정지용의 '장수산'에 나오는 이 대목 또한 깊은 산속에서 들려옴직한 자연의 소리를 비유하였다. 이것을 통해 시인은 청정무한의 정신세계를 드러내는데 시인의 맑고 깨끗한 자연관과 달관의 태도는 고전 속의 이상 세계를 추구하는 것이다.

시의 형식을 구성하는 2대 요소가 음악성과 회화성이라면 이 시에서는 그러한 이미지들이 시인의 정서와 사상을 통합하여 고요한 정신세계를 드러내고 있다. 이때 시인의 정서와 감각 그리고 독특한 인상체계를 형성하는 것은 여백을 드러내는 휴지와 고어, 문장부호와, 종결형 어미 등이다. 마침표를 사용하지 않고 휴지 공간을 두어 화자의 정서를 표현하는 이 산문시를 분연한다면 다음과 같다. "伐木丁丁 이랬거니"~"깊은 산 고요가 차라리 뼈를 저리우는데"까지 첫 번째 연, "눈과 밤이 조히보담 희고녀! 달도 보름을 기달려 흰뜻은"~"남긴 내음새를 줏는다?"까지 두 번째 연, "시름은 바람도 일지 않는 고요에 심히 들리우노니 오오 겨듸란다"~"長壽山 속 겨울 한밤내"까지 마지막 세 번째 연으로 나눌 수 있다. 이것을 각 연마다 다시 분행을 하면 다음과 같다.

(1) 伐木丁丁 이랬거니
      아름도리 큰솔이 베혀짐즉도 하이

---

13 전관수, 『한시어사전』, 국학자료원, 2002. http://www.kookhak.co.kr

골이 울어 맹아리소리 쩌르렁 돌아옴즉도 하이

다람쥐도 좇지 않고

뫼ㅅ새도 울지 않어

깊은 산 고요가 차라리 뻐를 저리우는데

(2) 눈과 밤이 조히보담 희고녀!

달도 보름을 기달려 휜뜻은

한골 이골을 거름 이란다?

우ㅅ절 중이 여섯판에 여섯 번 지고

웃고 올라 간뒤

조찰히 늙은 사나히의

남긴 내음새를 줏는다?

(3) 시름은 바람도 일지않는 고요히 심히 흔들리우노니

오오 견듸란다

차고 兀然히

슬픔도 꿈도 없이

長壽山 겨울 한 밤내

　행과 연을 나누고 보았을 때 이 시에서 휴지가 일정정도 규칙성을 획득하면서 통사 단위의 안정적인 행배치를 하고 있다는 것을 알 수 있다. '주어/술어' '주어/술부' 등의 통사적 분절은 행갈이 대신 여백에 의한 휴지로 대신하고 있는데 확성기와 같은 일종의 소리의 울림 효과를 주고 있다. 이런 휴지와 더불어 서로 상이한 이미지들이 비연속적인 형태로 나열되는 이러한 몽타주 기법도 한 단락씩 중심 주제로 묶어서 전체를 본다면 유기적으로 구성된다. 이 시에서 산문시를 구별짓는 것은 시

의 다른 구성요소들과 함께 여러 리듬의 단위를 살펴봄으로써 확인할 수 있다.

우선 '-하이', '-고녀', '-이란다', '-줏는다', '-우노니'와 같은 고풍적 어미 사용은 고아한 리듬을 형성한다. 또 '큰솔이', '골이', '소리', '돌아 옴즉도', '좃지', '고요', '희고녀', '울지', '저리우는데'와 같이 'ㅗ'와 'ㅜ' 후설모음의 반복적 사용과 '벌목정정', '쩌르렁', '울지않어', '저리 우는데', '거름이란다', '여섯번'과 같은 'ㅓ'음의 반복사용으로 호흡을 조절하고 있으며 이러한 소리는 전아한 분위기를 환기하면서 소리와 의미의 일체를 이루고 있다.

이것은 '-이'와 '-ㄹ'의 반복 사용에서도 마찬가지다. '-이랬거니', '아름도리', '큰솔이', '-골이', '맹아리', '소리', '좃지', '뫼ㅅ새', '울지', '차라리', '저리우는데'와 같이 밑줄 그은 'ㅣ'의 반복은 리듬감을 형성하면서 자연의 상태를 명징하게 묘사하고 있다. 또, '아름도리', '큰솔이', '골이', '울어', '맹아리', '소리', '쩌르렁', '돌아옴즉', '다람쥐', '차라리', '저리우는데'에서 사용된 'ㄹ'음의 반복은 동심원을 이루어 메아리처럼 울리면서 청각에 명랑한 느낌을 준다.

자연음의 발화에 의해 산출되는 자연 발생적 리듬이 '산문'이라면 "韻文이건 散文이건 리듬에 關心하는 이상 언어의 음악성을 노리고 있는 것"이다.[14] 그리하여 이 시에서 "웃절 중이 여섯 판에 여섯 번 지고 웃고 올라간"과 같은 시행에서는 'ㅅ'음운의 반복 사용으로 두운적 리듬 효과를 얻고 있다. '장수산 속 한 밤 내 흔들리는 자신의 시름'을 견디겠다는 화자의 순수한 정신은 "여섯판에 여섯번 지고도 웃"는 초탈한 스님의 무심과도 통하는 것이다. 사물과 소리의 일치라는 리듬 현상은 이렇게 "대상을 즉각적으로 환기"시켜 감각적 이미지를 살리는 데 기여한다.

---

14 김춘수는 시의 형태를 가늠하는 척도를 문체(style)보다 리듬에서 찾고 있다. 김춘수, 『김춘수 전집2: 시론』 앞의 책, 15쪽.

첫 번째 단락에서 산문시의 구성미를 채우는 다양한 요소들을 살펴보면 다음과 같다. "다람쥐도 좃지 않고 뫼ㅅ새도 울지 않어/깊은산 고요가 차라리 뼈를 저리우는데"와 같은 구절의 병치가 있고 "아름도리 큰 솔이 베혀짐즉도 하이", "맹아리 소리 쩌르렁 돌아옴즉도 하이"와 같은 문장 반복에 의한 리듬감이 있다. '아름도리 큰 솔', '골', '다람쥐', '뫼ㅅ새' 같은 식물과 사물과 동물과 열거로 인한 다채로움을 보이고 "베혀짐즉도 하이", "돌아옴직도 하이", "거름 이란다?", "견듸랸다"와 같은 동일한 의고체의 연결어미 사용으로 리듬감을 드러낸다. "벌목정정", "쩌르렁"과 같은 의성어를 사용함으로서 고전 속의 이상세계를 드러내는 시에서 자칫 단조로워질 수 있는 분위기를 해소하고 있다. 이러한 시의 기법들은 시인의 세계 인식을 한결 선명하게 한다.

시인은 통사적 차원에서 리듬을 배열하는데 이런 다채로운 리듬 감각은 시적 긴장을 유지한다. 행의 파괴 속에서도 시적인 리듬을 내재화하는, 이러한 운율은 이미지를 지니면서 산문과는 다른 시 정신을 드러낸다. 이때의 시정신은 지시적 기능보다 표현의 밀도를 통해서 목적을 달성한다. 다시 말해 대조와 압축, 비유와 암시, 논리적 구성의 단절, 다양한 구어체와 서술어 활용 등 서술적 전략으로 세계와 존재에 대한 인식을 보다 용이하게 전달하는 것이다.

두 번째 단락에서 나오는 '조이(종이)', '거름(걸음)', '조찰히(깨끗이)'와 같은 고어는 고요한 산속이라는 공간성과 더불어 옛스러운 분위기를 전달한다. '-고녀(-는구나)', '-랸다(-려 하는가)'와 같이 담화적인 고전적 시어의 사용으로 화자가 지향하는 초탈한 세계의 이미지가 잘 살아나고 있다. 그 다음에 이어지는 내용에서는 시적 화자가 심적 갈등을 겪게 되는 이유가 드러난다. 청정무위의 세계에 몸담고 있지만 군국주의 시대를 살면서 시인이 할 수 있는 일은 "슬픔도 꿈도 없이" 견디는 일일 수밖에 없는 것이다. 여기서 독자들은 냉혹한 현실의 상황에서 홀로 우뚝

서서 '시름하고', '견디는' 선비의 기품을 엿보게 된다.

> 白日致誠 끝에 山蔘은 이내 나서지 않았다.   자작나무 화투ㅅ불에 확근 비
> 추우자   도라지 더덕 취쌌 틈에서   山蔘순은 몸짓을 흔들었다   심캐기늙
> 은이는 葉草 순쓰래기 피여 물은채 돌을 벼고   그날밤에사 山蔘이 담속 불거
> 진 가슴팍이에   앙징스럽게 后娶감 어리처럼 唐紅치마를 두르고 안기는 꿈을
> 꾸고 났다   모래ㅅ불이 이운 듯 다시 살어난다.   警官의 한쪽 찌그린 눈과
> 빠안한 먼 불 사이에 銃견양이 조옥 섰다   별도 없이 검은 밤에 火藥불이 唐
> 紅 물감처럼 콩았다   다람쥐가 도로로 말려 달어났다.
> ─「盜掘」 전문, 작품집의 미수록분 『원본 정지용 시집』(2003.2)[15]

이 시는 운율적인 법칙보다 일상적 언어로 현실과 사회적 상황을 서
술적으로 반영하지만 생략과 암시적 묘사로 시적 긴장을 줌으로써 산문
시의 시적 특성을 살리고 있다. 일상생활의 이면을 언뜻 드러내면서 그
속에 감춰진 아이러니한 삶의 의미에 대해 독자들에게 생각해볼 여지를
주는 것이 산문시의 묘미라면, 이 시 역시 삶의 일상적 의미를 전도시키
는 어법으로 우화적이며 풍자적으로 시의 맛을 살리고 있다.

이 시는 몇 개의 다른 이야기를 대비시키는 형식으로 진행된다. 백일
치성을 드려도 산삼을 발견할 수 없었던 심마니가 산삼을 찾아나서는
이야기, 도라지, 더덕, 취쌌 틈에서 산삼을 발견하는 이야기, 심마니가
꿈을 꾸는 이야기, 모탯불이 살아나고 경관이 심마니를 향해 총을 겨누
는 이야기, 도굴을 하는 과정에서 심마니가 총을 맞는 이야기와 그 소리
에 놀란 다람쥐가 달아나는 이야기로 모두 7개의 사건이 제시되고 있다.
시인은 현재-과거-현재의 플롯으로 인과관계를 고려하는데 심마니가

---

15 이숭원, 『원본 정지용 시집』, 앞의 책, 336쪽.

현재 상황에서 산삼을 찾게 된 것은 산삼이 당홍치마를 두르고 자신의 가슴으로 안기는 꿈을 꾸고 난 뒤의 일이다. '당홍치마'는 꿈속에서 환한 느낌을 주면서 '산삼의 발견'이라는 길조(吉兆)를 나타내지만 정작 현실에서는 그렇지 않다. '화ㅅ토불'이 환히 비쳤을 때 산삼을 발견했지만 '모탯불'이 다시 살아났을 때 그는 경관이 쏘는 총에 맞아서 죽는 장면이 묘사되기 때문이다. 그러므로 '붉은색'을 띠는 '당홍치마'는 '죽음'을 암시하는 '화약불'과 동일한 의미를 갖게 된다.

'화투ㅅ불'→'모태ㅅ불'→'화약불'로 이어지는 불의 이미지는 이 시에서 역설적인 상황과 비극적인 효과를 나타내는 중요한 요소가 된다. 이시의 제목 '盜掘' 역시 역설적인 의미를 내포한다. 자연의 공간에서라면 누구나 채취(採取)할 수 있는 산삼을 '盜掘(도굴)'이란 표현을 써서 마치 권리가 없는 사람이 몰래 들어와 훔치는 일쯤으로 시적 상황을 제시하는 것이다. '도굴'이라는 표면적 의미를 넘어 의미를 내면화하는 이 이야기는 암시의 기법을 십분 활용하여 독자의 상상력을 이끌어낸다. "화톳불을 비추우자 도라지 더덕 취쌌 틈에서 山蔘순이 몸짓을 흔들었다."와 같이 현실은 평화로운 모습을 보이면서 유혹의 손을 내민다. 그러나 그것을 가지려는 욕망을 드러내는 순간 화약불이 발사되는 장면은 일제강점기 민중을 지배하는 무서운 현실을 암시하는 것일 수도 있다. 산삼을 찾으려는 순간 경관에 들켜 총을 맞는 강렬한 장면과 나란히 "다람쥐가 도로로 말려 달어났다."와 같은 자연적 묘사는 위선이 지배하는 당시 민중의 삶을 함축하는 것이며 따라서 이러한 표현은 현실을 아이러니한 방식으로 제시하는 것이다. 시인은 주인공의 죽음을 흥분된 감정으로 표현하지 않고 정서적, 비유적으로 묘사함으로써 독자들에게 인간의 욕망과 현실의 불합리를 냉정하게 생각해볼 수 있는 여운을 남겨 둔다.

　　모오닝코오트에 禮裝을 가추고　　大萬物相에 들어간 한 壯年紳士가 있었다

舊萬物 우에서 알로 나려뛰였다　　웃저고리는 나려 가다가 중간 솔가지에 걸리여 벗겨진채　　와이셔츠 바람에 넥나이가 다칠세라 납족이 업드렸다　　한 겨울 내ー흰손바닥 같은 눈이 나려와 덮어 주곤 주곤 하였다　　壯年이생각하기를 「숨도 아이에 쉬지 않어야 춥지 않으리라」고　　주검다운 儀式을 가추어 三冬내ー俯伏하였다　　눈도 희기가 겹겹이 禮狀같이 봄이 짙어서 사라지다.

ー「禮裝」전문, 『백록담』(1946.10), 50쪽

　이 시에서는 '있었다', '나려뛰였다', '업드렸다', '하였다', '부복하였다'와 같이 단순한 사건을 전개할 때에 과거형 서술형을 쓰고 있다. 이것은 일정한 줄거리를 갖춘 인물의 행위를 시간적인 흐름에 따라 이야기하는 양식[16]이다. 그런데 마지막 문장 "눈도 희기가 겹겹이 禮狀같이/ 봄이 짙어서 사라지다"에서는 과거형이 아닌 기본형으로 표현하고 있다. 이와 같은 기본형의 서술어 외에 "숨도 아이에 쉬지 않어야 춥지 않으리라"는 신사의 생각을 직접 화법으로 나타내는 것은 전지적 작가 시점으로 볼 수 있다. 이것은 그 이전의 사건 제시를 통한 유기적인 서술과는 다른 서사성을 부여한다.

　詩人의 內的 言語라 함은 統辭構造에 의해서 造作된 詩精神을 말함이다. 더욱이 詩의 言語는 詩人의 創造對象에까지 昇格되어야 한다는 전제가 있다, 이는 발레리(P. Valery)가 말한 바와 같이 詩의 言語는 散文의 言語와는 달리 舞踏에 해당한다고 보는 데서 온 전제다.[17]

---

16 이현정, 「정지용 산문시 연구」, 연세대학교 대학원 석사학위논문, 2003, 50쪽.
17 "무용을 감상할 때 손가락 하나만을 혹은 발가락 하나만을 감상하지는 않는다. 그 肢體의 조화된 한 동작ー이것은 詩의 경우, 文에 해당할 것이다ー을 감상하는 것이다. 따라서 詩의 言語는 交織으로서 파악되어야만 나무가 아닌 숲을 볼 수 있다는 가설에서 출발한다." 이렇게 김대행은 "文을 단위로 해서 루토 추구하려는 것은 詩精神과 言語와의 관세"로 보았다. 김내행, 『한국시가구조연구』, 앞의 책, 142쪽; 김용직, 「韓國의 詩文學」, 『월간문학』 21호, 월간문학사, 1970.1.

이 작품은 금강산 대만 물산에서 일어난 장년 신사의 죽음을 이야기 형식의 통사구조로 전개한다. 김대행은 "시의 言語美的 구조가 정제된 형식으로 드러나는 차원"을 통사형식으로 밝히고 있는데 이 시에서는 형태적으로 하나의 행위를 한 개의 문장 단위로 엮어내면서 문장 사이 휴지 공간을 두고 있는 통사구조로 볼 수 있다. 이러한 형태는 세상의 변화와 그 속도에 제대로 적응해 나가지 못하는 소시민에 대한 위기의식이 깔려 있는 '풍속시'나 명상적이고 정신적인 요소가 결합되어 있어 시적 포에지가 살아 있는 '산문시'에 제격이다.

그런데 "흰 손바닥 같은 눈이 내려와 덮어 주곤 주곤 하였다" "「숨도 아이에 쉬지 않아야 춥지 않으리라」고 죽엄다운 儀式을 가추어 三冬내- 俯伏하였다"와 같은 시문(詩文) 뒤에는 생략된 여백의 공간이 있다. 이것이 신사의 죽음을 객관적으로 전달하는 화자의 입장에 대해 독자들의 상상력을 요구한다. 독자들은 휴지 속의 내포된 의미를 인과적인 비약을 통해 추측할 수 있다. '표현된 것'과 '의미된 것'이라는 상충된 이러한 두 개의 시점이나 이중적인 어조에 대해서는 아이러니 수법과 관련하여 이야기할 수 있다.

아이러니가 상반되는 두 개의 시점을 갖추고 있다는 것은 궁극적으로 사물을 다면적으로 관찰하는 폭넓은 시야라는 의미로 확대된다. 이런 점에서 아이러니는 '형이상학적' 기능과 '심리학적' 기능으로 분류된다. 파킨(R. P. Parkin)에 의하면 아이러니는 사물 그 자체와 이 사물의 제한된 지각 사이의 인간적으로 의의 있는 불균형(disproportion)이다. [⋯중략⋯] 아이러니의 복합성은 인생의 폭넓은 인식이라고 할 수 있다. 사물과 현실을 여러 시각에서 보면 볼수록 사물과 현실의 리얼리티에 우리는 도달할 수 있는 것이다.[18]

---

18 "'아이러니'는 진술된 것과 이면에 숨은 참뜻 사이의 상충·대조라는 이중성을 띠고 있다." 이 경우 "에이런은 이 불균형을 인식하고 있으며, 따라서 사물의 모든 면(즉, 전체성)을 알고" 있

이 시에서 "사물을 다면적으로 관찰하는" 아이러니적 인식은 부분과 전체에서 두루 나타난다. 가령 "넥나이가 다칠세라 납족이 업드렸다"와 같은 구절에서 '인간의 죽음'이라는 본원적인 이야기보다 옷차림에 더 신경을 쓰는, 본말을 전도하는 현상이 드러나는데 이것은 이 시에 전혀 드러나 있지 않은 상징적 주제의식의 한 표현일 수 있다. 신경범은 그것을 '자살 충동이나 죽음예찬의 실제적인 죽음이라기보다 완벽한 은둔으로서의 죽음'으로 보고 있다.[19]

또한 신사가 뛰어내릴 때 솔가지에 옷이 걸려 벗겨짐으로써 예장을 갖춘 신사의 의도에서 벗어나지만 신사의 주검을 덮어주는 눈은 다시 예식을 갖추어 예장을 대신한다. 표면적으로 신사의 행동이 시간의 흐름에 따라서만 제시된 듯 보이지만 기본형으로 끝난 결말의 사건 전개는 그 이면에 놓인 자연의 흐름과 맞물리며 '순환'의 원리를 보여준다. 장년 신사가 뛰어내리고 그 과정에서 옷이 찢기고, 시신 위에 눈이 쌓이고, 봄이 되어 눈이 사라지는 장면은 시간의 흐름에 따라 제시되는데 이러한 한 사람의 죽음이 겨울에서 봄으로 이어지는 계절의 순환원리와 중첩되는 것이다.

"넥타이가 다칠세라 납족이 업드"린 신사는 예를 다하여 죽음을 맞이하는 것인데 이것은 시인이 죽음을 하나의 의식으로 생각하는 관점과도 일맥 상통한다. 여기서 '예장'을 했다는 것에 대한 시인의 의도는 죽음으로서 모든 것을 끝내려는 것이 아니다. 시적 화자의 영혼을 유전(流轉)하는 동양적 정신세계로 은유함으로써 시인은 우리가 흔히 생각하는 무겁고 추한 모습의 죽음이 아니라 봄이 되어 쌓였던 눈이 사라지듯 가볍게 순환하는 죽음을 환기시킨다.

일제시대 "친일도 배일도 하지 못하는" 사람이라고 스스로 시인했던

다. 김준오, 앞의 책, 316~317쪽.)
19 신경범, 「정지용 시 연구: 산문시를 중심으로」, 중앙대학교 대학원 석사학위논문, 2003, 13쪽.

시인[20]은 삼동내 부복하면서 해방을 기다렸을 것이다. 모든 현상과 사건이 고착된 세계에 머무르지 않기를 바라는 이러한 심정을 상호작용의 끊임없는 순환관계 속에서 시인은 새로운 세계로 나아가는 상징적 주제의식으로 표현한 것이다.

2) 표현적 특성으로 본 산문시 리듬의 양상

율격 이론 연구에서는 대체로 다음과 같이 가설을 내어 놓고 있다. 첫째, 율격은 언어 현상이라는 점, 둘째, 그것은 대립적 교체와 주기적 반복을 필요요건으로 한다는 점, 셋째, 그러한 현상은 표준화 관습화되어 있어야 한다는 점이다. 일본이 7·5조에 근간을 두거나 한시가 성조를 바탕으로 평음(平音)과 장음과 축음(仄音)을 교체하듯이 이런 주변 국가들의 율격 기술에 비해 우리나라는 시의 특성이나 율격 일반에 비추어볼 때 객관화된 실체가 없다.

김대행은 우리 시의 율격에 객관적인 엄밀성을 적용한다는 것은 특정 개인의 경향에 그칠 수 있음을 지적한다. 따라서 그는 "엄밀한 객관성보다는 상관성의 추구가 더욱 요구된다"고 하였다. 이른바 맥락(context)에 따라 "그 작품이 귀속되는 장르 관습이라든지 작품의 총체적 의미"가 확정되어야 한다는 것이다.[21] 더구나 현대에 와서 불규칙 반복의 체계에 의해 모든 시들이 저마다 자유로운 리듬을 만들어내기 때문에 현대시의 이해와 감상도 쉬운 일이 아니다.

---

20 정지용은 「朝鮮詩의 反省」에서 다음과 같이 술회한다. "生活과 環境도 어느 程度로 克復할 수 있는 것이었는데 親日도 排日도 못한 나는 山水에 숨지 못하고 들에서 호미도 잡지 못하였다. 그래도 버릴 수 없어 詩를 이어온 것인데, 이 以上은 所謂〈國民文學〉에 協力하던지 그렇지 않고서는 朝鮮詩를 쓴다는 것만으로도 身邊의 脅威를 當하게 된 것이다." 정지용, 「朝鮮詩의 反省」, 『산문』, 동지사, 1946, 86쪽.
21 김대행, 『우리 시의 틀』, 앞의 책, 16쪽.

"산문시는 그것이 비록 쓰여진 문학적인 리듬이라고 해도, 텍스트는 현존하는 언어학적인 리듬을 모방한다."[22] 모든 예술은 무언가를 표현하는데 특히 시는 언어를 매재로 정서를 표현하는 문학이다. 시에 있어서 묘사의 구체성을 강조하는 것은 객관적 상관물이다. 객관적 상관물을 제시함으로써 특정한 단어나 어구, 이미지 등이 환기하는 예술적 정서를 발견하게 된다. 시인은 무언가를 그냥 보여줌으로써 설명을 억제하고 시인의 개성을 표현한다.[23] 시의 리듬에 있어서도 운문과 산문의 경계를 무너뜨리는 탈리듬화 현상이 가중됨에 따라 시의 정체성에 대한 논란을 가져오고 그에 따라 우리 시의 새로운 리듬 생성의 동인을 찾게 된다.

이 장에서는 음수와 음보 등의 전통 율격에 맞추어 그것이 어떻게 잔존하는가에만 초점을 맞춘 정지용 시의 리듬에 대한 그동안의 논의를 지양하며, 모더니티의 자각에 의한 시인의 리듬 의식의 다양한 변화가 전통의식의 계승과 더불어 후기 산문시에 와서 어떻게 미적 가치와 현대적 의미[24]를 표현하는지 고찰한다. "언어학적인 질서에 가하는 결렬을 보여"주는 것이 운문의 시적 표현 방식이라면 산문시(散文詩)는 문장이나 문단이라는 형태에 특수한 역할을 부여함으로써 시의 본질을 이룬다. 이러한 시적 리듬은 한갓 관습적 소리의 울림에 그치는 것이 아니라 시인이 발견하고 표현하는 생명 감각의 리듬인 것이다.

---

22 Patrick Maurus, 「언어학적 리듬과 시적 리듬—한국 산문시의 문제: 주요한의 경우」, 『대동문화연구』 제29집, 1994, 127~129쪽.
23 "옛말에 시는 소리 있는 그림이요, 그림은 소리 없는 시"라 하였다. 화가가 화폭 위에 경물을 그리는데 그 경물은 객관적 물상에 지나지 않지만 화자의 마음을 얹어 경물이 직접 말을 하게 하는 것이다. 말 그대로 경물을 통해 '뜻을 묘사하고 정신을 전달'하는 '사의전신(寫意傳神)'이다 설명 대신 형상을 세워 뜻을 전달하는 '입상진의(立象盡意)'이다. 정민, 『한시 미학 산책』, 솔, 1996, 27쪽.
24 유종호는 정지용 시의 리듬이 전통적 율격에서 벗어나 "청결하고 유니크한 내재율"을 실현하고 있다고 평가한다. 유종호, 「현대시 오십년」, 『사상계』, 1962.5.

1.

絶頂에 가까울수록 뻑국채 꽃키가 점점 消耗된다. 한마루 오르면 허리가 슬어지고 다시 한마루 우에서 목아지가 없고 나중에는 얼골만 갸옷 내다본다. 花紋처럼 版박힌다. 바람이 차기가 咸鏡道끝과 맞서는 데서 뻑국채 키는 아조 없어지고도 八月한철엔 흩어진 星辰처럼 爛漫하다. 山그림자 어둑어둑하면 그러지 않어도 뻑국채 꽃밭에서 별들이 켜든다. 제자리에서 별이 옮긴다. 나는 여긔서 기진했다.

2.

巖古蘭, 丸藥같이 어여쁜 열매로 목을 축이고 살어 일어섰다.

3.

白樺 옆에서 白樺가 髑髏가 되기까지 산다. 내가 죽어 白樺처럼 흴것이 숭없지 않다

4.

鬼神도 쓸쓸하여 살지 않는 한모롱이, 도체비꽃이 낮에도 혼자 무서워 파랗게 질린다.

5.

바야흐로 海拔六千呎우에서 마소가 사람을 대수롭게 아니녀기고 산다. 말이 말끼리 소가 소끼리, 망아지가 어미소를 송아지가 어미말을 따르다가 이내 헤여진다.

6.

첫새끼를 낳노라고 암소가 몹시 혼이 났다. 얼결에 山길 百里를 돌아 西歸浦

142

로 달어났다. 물도 마르기 전에 어미를 여힌 송아지는 움매―움매―울었다. 말을 보고도 登山客을 보고도 마고 매여달렸다. 우리 새끼들도 手色이 다른 어미 한틔 맡길것을 나는 울었다.

7.

風蘭이 풍기는 香氣, 꾀꼬리 서로 불으는 소리, 濟州회파람새 회파람부는 소리, 돌에 물이 따로 굴으는 소리, 먼 데서 바다가 구길 때 쏴―쏴―솔소리, 물푸레 동백 떡갈나무속에서 나는 길을 잘못 들었다가 다시 측넌줄 긔여간 흰돌바기 고부랑길로 나섰다. 문득 마조친 아롱점말이 避하지 않는다.

8.

고비 고사리 더덕순 도라지꽃 쥐 삭갓나물 대풀 石茸 별과 같은 방울을 달은 高山植物을 색이며 醉하며 자며한다. 白鹿潭 조찰한 물을 그리여 山脈우에서 짓는 行列이 구름보다 莊嚴하다. 소나기 놋낫 맞으며 무지개에 말리우며 궁둥이에 꽃물 익여 붙인채로 살이 붓는다.

9.

가재도 긔지 않는 白鹿潭 푸른 물에 하눌이 돈다. 不具에 가깝도록 고단한 나의 다리를 돌아 소가 갔다. 쫓겨온 실구름 一抹에도 白鹿潭은 흐리운다. 나의 얼골에 한나잘 포긴 白鹿潭은 쓸쓸하다. 나는 깨다 졸다 祈禱조차 잊었더니라.

―「白鹿潭」전문, 『백록담』(1946.10), 14~17쪽

정지용은 그의 전기시에서 음성적 차원의 반복이나 구두점, 휴지에 의한 호흡마디의 분할뿐 아니라 연의 구성, 분행, 띄어쓰기 등의 시적 장치들을 써서 율독의 호흡 경계를 형성하였나. 또 한 행에 하나의 문장을 써서 표현했기에 긴장과 여운이 있었다. 그 후 시집 『백록담』을 기점으

로 산문시의 경향을 보인다.[25] 초기시에 비해 긴 호흡률로 긴장감이 떨어지지만 일상어의 호흡에 기초하여 산문적 리듬의 문장조직을 관장함으로써 언어의 결을 고유한 패턴으로 창출한다.

「白鹿潭」에서는 현실을 재현하는 언어학적인 질서에 일련번호를 매겨 연 구분을 함으로써 일체의 자기 주관과 사상, 감정을 제거하고 절대 순수의 공간인 한라산 등반 과정을 보여주고 있다. 등반 과정 속에서의 '뻑국채', '엄고란', '白樺', '도체비꽃', '마소', '고산식물', '백록담'이 개별 대상으로 등장한다.

전체 9연으로 구성된 이 시는 산행에서의 정서 체험을 문장마다 마침표로 종결하고 연 단락을 통해 호흡을 조절하고 있다. 일상어의 리듬이 아닌 언어의 의도적인 표현은 시적인 새로움을 준다. 1연의 "한마루 올으면 허리가 슬어지고 다시 한마루 우에서 모가지가 없고"에서 시적 대상은 자연이다. 한마루를 오를 때마다 꽃의 허리와 모가지가 슬어진다는 것은 황폐한 자연 세계에 대한 시적 자아의 인식이다. 시적 자아와 꽃은 대조적인 양상을 띠는데, 내가 산을 올라갈수록 뻑국채 꽃키가 소모하거나 허리가 슬어지거나 모가지가 없어진다. 자아의 상승과 자연의 소진이 함께하는데 최종으로 오른 곳에서 어둑어둑한 산그림자는 별들을 켜드는 뻑국채 꽃밭과 또 병렬적 관계를 이룬다. 따라서 이 시는 '시적 자아'와 '시적 대상'의 대조라는 언어학적 리듬에 의한 표현으로 인간적 삶에 대한 통찰이나 정서적 조응을 표출한다. 함경도 끝과 맞서는 바람찬 곳에서 기진한 화자에 비해 뻑국채는 점차 키가 소모되다가 아주 없어지지만 절정에서 별이 된다. "허리가 스러지고", "모가지가 없고", "얼골만 갸옷 내다보"고 "版박히"는 뻑국채의 모습을 현재형으로 묘사한 것은 뻑국채가 가진 생명성을 현재라는 시간 속에서 부각시키기

25 김용직, 「정지용론」, 『한국 현대시인 연구－정지용』, 이숭원 편, 문학세계사, 1996, 232~238쪽.

위함이다. 메마르게 소멸해가던 자연이 다시 별처럼 피어나는 순간을 뜻하는 시어 '소멸'과 '난만'은 형태적 대칭을 이루면서 인간 삶의 유동성이라는 주제의식을 부각시킨다.

1연~3연까지 드러나는 자연의 생명성은 화자의 정서를 효과적으로 끌어올린다. 4연에서 귀신과 도체비꽃의 대조와 5연에서 "말이 말끼리, 소가 소끼리, 망아지가 어미소를 송아지가 어미말을"과 같은 병렬과 대조, 7연에서 "꾀꼬리 서로 불으는 소리, 濟州회파람새 회파람부는소리, 돌에 물이 따로 굴으는 소리, 먼 데서 바다가 구길 때 솨—솨—솔소리"와 같은 열거의 방식으로 이 시에서 리듬감을 표현한다.

강약·장단·액센트나 음량, 반복 등의 등가적 성분들이 규칙적으로 나타나는 현상을 시적으로 표현했다. 자연의 리듬은 보통 기계적으로 드러나지만 이 시에서의 리듬은 소리의 측면에서만이 아니라 이미지에도 상응하여 나타난다. 자연현상에서 일어나는 리듬이 시의 리듬과 일치하고 있는 것이다.

한편 임화는 「담천하의 시단 1년」(1935.12)에서 "기교파는 시의 내용과 사상을 포기한다"라고 하면서 지용을 향해 예술지상주의 시인이라고 비난하였다. 지용의 시가 감각적인 이미지로 일정한 시적 효과를 얻고 있지만 작품의 의미적 가치가 "수공 예술이 가진 것"[26]이라는 견해와 지용의 작품이 "기교적, 인공적, 귀족적"이어서 삶과 분리된 것[27]으로 보면서 복잡한 사회현실의 문제의식을 갖고 있지 않음을 비난하였다.[28] 그러나 정지용 시에 '내용이 없다'는 비판을 받을 정도로 바깥 세상에 대해 침묵한 것은 아니다. 근대문명에 대한 비판을 그린 「황마차」[29]나 「유선애

---

26 조연현, 『한국현대문학사개관』, 정음사, 1964, 239~256쪽.

27 김윤식, 「정지용과 김기림의 작품세계」, 『근대시와 인식』, 시와 시학사, 1991, 354쪽; 사나다 히로코, 「정지용 재평가의 가능성: 사회 비판으로서의 산문시」, 한국현대문학회, 2009, 63쪽.

28 김재용·이상경·오상호·하정일, 『한국 근대민족문학사』, 한길사, 1993.

29 황마차는 지용이 1925년에 제작하여 1927년 6월 『조선지광』에 발표하였다. 근대인의 정서와 문명 비판에 대해 자유로운 산문시의 형식으로 표출한 작품으로 이러한 기법은 십여 년 후 『백

상」에서 볼 수 있듯 시인의 초기와 중기 작품에서부터 사회적 관심을 반영한 시는 이미 있어 왔다고 볼 수 있다. 이러한 의사소통에 기반을 둔 산문적 리듬은 지용의 후기 산문시에서 표면적인 텍스트를 이루어 그 속에 시의 본질을 이루는 비유나 상징, 혹은 이미지와 리듬에 시적 포에지를 담아 문학적 리듬을 표현한다. 예를 들어 시인은 「백록담」이나 「장수산 1」「盜掘」「나븨」에서 시대나 인간에 대한 고민을 사물에 빗대어 암시적으로 풀어내면서 시인 특유의 서정적 산문시를 내놓은 것이다.

김춘수는 산문시를 '形式으로서의 散文과 散文體라는 시 형태를 가지는 동시에 內容으로 보다 討議的, 批評的인 것'으로 설명한다.[30] 이러한 산문의 호흡 안에 내재된 심리적 운율감을 드러내는 위의 시 「白鹿潭」을 통해 우리는 정지용이 창작 초기부터 진행해온 시적 표현이 후기에 어떠한 방식으로 변모하는지 살펴볼 수 있다.

시의 내재적인 요인, 즉 메타포의 운용과 함께 시적 포에지를 살리는[31] 것은 '산문시 속 자유시의 동거'[32]라 할 만한데 이것은 당시 정지용만의 고유한 시적 특징이 된다. 또한 이것은 이미지나 리듬, 은유로 압축된 초기의 자유시가 메시지 전달적이거나 구어적인 언어 기능을 살린 후기의 산문어법의 내적 교류와 결합된 형태로 볼 수 있다. 이에 양주동은 산문과 시의 구별이 정서 활동을 표현하는 리듬에 있다고 말하였다.

시의 리듬은 산문과 그것보다 한층 강조한, 긴장된 것이올시다. 시는 우리가 그것을 읽을 때에, 그 리듬이 분명히 우리에게 어떠한 강조하고 긴장한 정서의 활동을 전합니다. 이것은 물론 리듬의 형식에도 따라 다른 것이지만, 여하간 시

록담」에 실린 일련의 작품들에 영향을 미쳤다. 사나다 히로코, 『最初의 모더니스트 鄭芝溶』, 역락출판사, 2002, 133~146쪽 재인용.

30 김춘수, 『한국 현대시 형태론』, 앞의 책, 116~117쪽.

31 조창환, 「산문시의 양상과 전개」, 『한국시의 넓이와 깊이』, 국학자료원, 2002, 313쪽.

32 정한모, 「태서문예신보의 시와 시론」, 『한국현대시문학사』, 일지사, 1974, 257쪽.

에는 일종의 정서의 활동이 있는 것이 사실이올시다.[33]

정지용의 자유시 리듬이 산문시 속에 이어져 오는 구체적인 상황들은 축어적 묘사나 암시, 직유와 은유와 같은 비유나 이미지, 음운의 반복과 나열의 기법을 통하여 서사적 대상의 형상화에 치중하는 모습에서 볼 수 있다. 이러한 정지용 산문시가 산문시로서 규정될 수 있는가의 질문에 대해 시인의 정서와 호흡이 들어 있는 리듬으로 내재적인 요소를 살려서 시정신을 표현한다면 내용적으로나 형식적으로 완전한 산문시라고 할 수 있을 것이다.

위의 시에서 산을 오르는 과정에서 변화하는 구체적인 상황들을 "기진했다", "일어섰다", "울었다"와 같이 과거시제의 산문체로 표출하면서 대상과의 일정한 거리를 두고 시인이 받은 감각적 인상을 음악적으로 그리고 있다. 이때의 시대적 배경이 일제 침략기라는 상황을 고려한다면 이 시의 자연공간은 저절로 빼앗긴 조국과 대조를 이룬다. 그것이 시인 의식을 상징적으로 드러낸다. 산에 대한 심상이 종국에는 이렇게 아름다운 조국을 빼앗겼다는 사회에 대한 비판의식과 함께 고뇌하는 자아 의식을 드러내는데 이것은 시인이 자아와 세계의 동일성을 표현하고 나아가 시적 포에지가 살아나게 하여 독자의 정서를 환기시키는 것이다.

그날밤 그대의 밤을 지키든 삽사리 괴암즉도 하이   짙은 울 가시사립 굳이 닫히었거니   덧문이오 미닫이오 안의 또 촉불 고요히 돌아 환히 새우었거니   눈이 치로 싸힌 고삿길 인기척도 아니하였거니   무엇에 후젓하든 맘 못뇌히길래 그리 짖었드라니   어름알로 잔돌사이 뚫로라 죄죄대든 개울 물소리 긔여 들세라   큰봉을 돌아 둥그레 둥긋이 넘쳐오든 이윽달도 선뜻 나려 설세라

---

33 양주동, 앞의 글, 194쪽.

이저리 서대든것이러냐   삽사리 그리 굴음즉도 하이   내사 그 대르 새레 그

대것엔들 다흘법도 하리   삽사리 젖다 이내 허울한 나릇 도사리고   그대 벗

으신 곤은 신이마 위하며 자드니라.

—「삽사리」 전문, 『백록담』(1946.10), 43쪽

이 시의 발화는 시적 서술자가 사랑하는 사람에게 하는 독백적 진술
로서 '삽사리'의 행동을 '그대'라고 하는 청자에게 고하면서 화자는 시
적 대상이 되어 반성하는 형태를 가진다. 화자의 사랑하는 이를 향한 연
모의 마음을 전하는 큰 틀의 이야기 속에 그대를 지키는 '삽사리'가 사
랑받을 만하다는 다른 이야기를 담아내 액자형 구성을 취하는 것이 이
시의 특징이라 할 수 있다.

서술자는 자신의 하고자 하는 의도를 드러내기 위해 나름대로 해석하
고 반성하는 장면을 청자인 그대와 대화방식으로 표현하고 있다. 또한 결
말의 이야기를 서두에 꺼내놓고 도입부를 중간에 진술하는 방식으로 순
서를 바꾸기도 한다. 이러한 기법들은 모두 시적 효과를 극대화하기 위한
전략이라 할 수 있다. 이러한 방식은 현재의 화자가 과거를 회고하는 내
용으로 구성되었지만 '그날 밤' 화자의 이야기를 직접하게 꺼내놓는 것
이 아니라 자신의 마음을 대신할 '삽사리'를 동원해 에둘러 이야기하고
있는 것이다. 삽사리가 그대 곁에서 충직스럽게 지키는 모습을 자세히 묘
사하면서 삽사리를 긍정적으로 제시하여 사랑의 깊이를 암시적으로 드
러낸다. 예컨대 눈이 키높이로 쌓여 인기척도 없는 밤인데 그리 짖어대는
것이 개울 물소리 기여들까 봐 그러는 것이냐 달빛이 스며들까 봐 그러
는 것이냐 묻고 있지만 그대에 대한 서술자의 사랑이 동물인 삽사리보다
못하다는 역설을 통해 극적인 효과를 얻고 있다. 따라서 이 시에서 '나'
(화자)는 이야기 속에 등장하지만 주인공이 아니라 마치 아웃사이더와 같
은 인물이 된다. 시인이 그러한 전략을 세운 것은 전체적인 내용의 분위

기가 가져다주는 암시적 효과를 훌륭하게 구사하기 위함이다.

화자 자신의 추상적이고 관념적인 사랑의 표현은 삽사리의 구체적인 행위와 주변 자연환경의 분위기를 통해 드러나는데, 시인의 기억력에 의존해 만들어진 이러한 이미지가 독자의 상상력을 자극한다. 사위가 고요한데 삽사리가 짖어대는 것이 개울물 소리나 밤의 달빛이 주인에게 스며들까봐 그러는 것인가? 하고 화자는 삽사리의 충만한 사랑을 지시한다. 더 나아가 자신이 거기에 닿지 못함을 고백함으로써 안타까운 연모의 마음을 전하는 것이다.

더러는 시에서조차 공간적 대칭과 균형에 의한 미적 구현을 시도해 본 적도 있었다. 흔히 말하는 그림시(carmen figuratum)라는 것이 그것인데, 그것도 시가 입으로 불리우는 구비문학적인 상태에 있을 때는 엄두를 내지 못하고, 활자 매체를 통해서 인쇄되기 시작했을 때 나타난 변화의 한 양상이다.[34]

흔히 산문과 산문시의 차이를 언어배치의 묘가 있는가 없는가에서 찾고 있다.[35] 산문이 외형적 유기성의 원칙으로 일 보(一步) 일 보(一步) 축적의 원리를 따라가서 목적지에 도달하는 것이라면 '산문시'는 시적 언어로서 미적 질서를 가지고 균형적인 공간을 확보하는 것이다. 쉽게 말해 '사람은 자연을 보호하고, 자연은 사람을 보호한다.'는 문장은 산문이며, '사람은 자연보호, 자연은 사람보호'는 음절수(3·4 3·4)를 갖춘 시가 된다.[36] 지용의 산문시가 형식에 얽매이지 않는 자율적인 율격을 갖지만

---

34 김대행은 "시 즉, 노래의 미적 구현은 음성이라고 하는 외형적 요소가 시간적 전개 위에서 질서화됨으로써 성취된다고 할 수 있고, 이것이 바로 말과 노래의 차이를 규정짓는 중요한 부분이 된다"고 하였다. 김대행, 『시가 시학 연구』, 한국문화연구원 한국문화총서 13, 이화여자대학교 출판부, 1991, 18~19쪽.

35 서정주, 「1960년대의 한국시」, 『한국의 현대시』, 일지사, 1982, 52쪽.

36 임노순, 앞의 책, 36쪽.

시의 본질에 가까운 것은 비유적, 상징적 언어사용과 함께 이렇게 표현의 밀도를 갖춘 엄격한 시어를 사용했기 때문이다. 정지용은 위의 시 「삽사리」에서 두 칸 이상 띄어쓰기로 호흡단위를 조절하면서 시각적 이미지를 살린다.

「삽사리」를 행 단위로 분절을 하여 살펴보면 6개의 문장으로 묘사되고 있다.

> (1) 그날 밤 그대의 밤을 지키든 삽사리 괴임즉도 하이
>
> (2) 짙은 울 가시사립 굳이 닫치었거니
>
>   덧문이오 미닫이오 안의 또 촉불 고요히 돌아 환히 세우었거니
>
>   눈이 치로 쌓인 고삿길 인기척도 아니 하였거니
>
>   무엇에 후젓허든 맘 못뇌히길래 그리 짖었드라니
>
> (3) 어름알로 잔돌사이 뚤로라 죄죄대든 개울 물소리 긔어 들세라
>
>   큰봉을 돌아 둥그레 둥긋이 넘쳐오든 이윽달도 선뜻 나려 슬세라
>
>   이저리 서대든 것이러냐
>
> (4) 삽사리 그리 굴음즉도 하이
>
> (5) 내사 그대ㄹ세레 그대것엔들 다흘법도 하리
>
> (6) 삽사리 짖다 이내 허울한 나룻 도사리고
>
>   그대 벗으신 곻은 신이마 위하며 자드니라

시인은 시가 화자와 청자간의 대화라는 점을 감안하여 소통의 방식으로 의미나 감정을 전달한다. 그래해도 직접적으로 시인의 인식을 다 반영하고 않고 '삽사리'라는 시적 상관물을 통해 시적 화자의 상황이나 분위기를 읽게 한다.

시란 마음의 외물에 자극받아 일어난 서정을 언어로 표현한 것이다. 루이스(C.D Lewis)는 이미지란 "독자의 상상력에 호소하는 방법으로 시인

의 상상력에 의해 그려진 그림"이라고 하였다.[37] 산문과 다른 산문시의 특징을 드러내는 위의 시 「삽사리」는 스토리를 사실적, 순차적으로 진행하는 것이 아니라 객관적 상관물에 의존하여 비유적으로 하거나, 자연물의 의인화와 활유법을 동원한다. 예컨대 "덧문이오 미닫이오 안의 촉불 고요히 돌아 환히 새우었거니", "눈이 치로 싸인 고샅길 인기척도 아니 하였거니"와 "어름알이 잔돌사이 뚫로라 죄죄대든 개울 물소리 긔여 들 세라", "큰 봉은 돌아 둥그레 동긋이 넘쳐오는 이윽달도 선뜻 나려 설세 라"가 그것이다. 특정한 이미지나 에피소드를 중첩시키는 이러한 전개방식은 서술자의 직접적인 의도나 주관적 표현을 리듬감 있게 표현한다.

"내사 그대는 새레 그대 것엔들 다흘법도 하리", "삽사리 젖다 이내 허울한 나룻 도사리고 그대 벗으신 꽁은 신이마 위하며 자드니라."와 같이 삽사리의 행위에 비해 부족한 화자의 사랑을 대비와 역설의 방식으로 표현하기도 한다. 이것은 "괴임즉도 하이", "인기척도 아니하였거니", "자더니라"와 같은 주체 중심의 회고적인 어조로 제시된 이야기의 표면적인 의미를 넘어서 서술자의 내면화된 의미를 함축하는 것이다. 이러한 어조의 일치를 통해 시적 화자의 인격적 태도를 엿볼 수 있는데 화자가 삽사리의 사랑의 모습을 전하는 이유는 결국 화자의 님에 대한 사랑의 마음을 나타내기 위해서이다.

한편 시인은 호흡과 정서가 들어 있는 리듬으로 시적 문체가 주는 인상을 드러내는데 한 행에 여러 문장을 사용한다. 이러한 산문시는 한 행에 하나의 문장을 쓰던 초기시와는 다르게 자신이 하고 싶은 말을 자유롭게 하고 있다. 일상어에 가까운 산문시는 많은 음수로 되어 있어서 시적 리듬을 통해 자유로운 선율의 호흡을 느낄 수 있다.

이 시에서 1인칭 서술자는 자신의 내면 심리를 휴지로 구분하고 옛스

---

37 홍문표, 앞의 책, 317쪽.

러운 종결어미와 일정한 음운의 반복을 통해 언어의 음악적 기능을 살린다. 지용의 후기 작품에서도 초성의 'ㄹ'음의 사용 비율은 매우 높은 편이다. 이것은 지용의 시가 후기 산문시에 들어서도 여전히 음절 초성에 부드러운 공명음을 많이 선호하였다는 것을 알 수 있다.[38]

(3)~(5)에 'ㄹ'음운이 들어가는 음절에 밑줄을 그어놓고 읽어 보면 물소리가 흘러가듯 유동적인 느낌이 든다. "어름알로 잔돌사이 뚤로라 죄죄대든 개울 물소리 긔여 들세라/큰봉을 돌아 둥그레 둥굿이 넘쳐오든 이윽달도 선뜻 나려 슬세라/이저리 서대든 것이러냐/삽사리 그리 굴음즉도 하이/내사 그대르세레 그대것엔들 다흘법도 하리"에서 같이 'ㄹ' 음운은 시의 경쾌한 리듬과 이미지의 효과를 가져오는데 그것은 '삽사리의 주인에 대한 사랑'이라는 의미와 관련이 된다. 가시사립과 덧문과 미닫이까지 닫혀 있고 눈은 키의 높이로 와서 사람의 기척도 없는데 그대의 밤을 지키는 삽사리는 이토록 유별난 행동을 하는 것이다.

삽사리의 사랑에 미치지 못하는 것에 대한 화자의 탄식은 반복되는 영상에서뿐 아니라 단어의 배치에서도 찾아볼 수 있다. "덧문이오 미닫이오 안의 또 촉불 고요히 돌아 환히 세우었거니/눈이 치로 쌓인 고삿길 인기척도 아니 하였거니"에서 밑줄 그은 '안의', '환히', '아니'와 방점을 찍은 '-세우었거니', '-하였거니'에서 보듯 모음은 'ㅏ' 'ㅣ'의 반복적 사용은 일정한 단위성을 부여하여 각운의 효과를 드러내고 있다.[39] 운위율에는 두운/요운/각운 등이 있는데 각운은 다리 각(脚)자를 써서 다리 부분, 즉 끝부분에 동일한 음절이나 어절 등이 반복되면서 운율을 형성하

---

38 조성문, 앞의 글, 12쪽.
39 조성문은 지용의 후기 작품 중 중성에서 가장 많이 사용한 모음이 'ㅏ'(전체 비율 중 21.9%)이고 그 다음이 안정적인 전설고모음인 'ㅣ'(17.3%)라고 밝히고 있다(조성문, 위의 글, 13쪽). 압운의 범주를 음절 이상 음절, 어절, 시행까지 확대해야 한다는 강홍기는 압운이 소리의 반복이 빚어난 '諧調현상'이라면 음절이나 어절의 반복에 의해 형성되었다 해서 거부할 까닭이 없다는 점을 강조한다. 그는 압운을 음량, 음위 배형에 따라 다양하게 구분한다(강홍기, 『현대시 운율구조론』, 태학사, 1999. 재인용).

는 것을 말한다. "괴임즉도 하이", "굴음즉도 하이"나 "덧문이오 미닫이 오", "새우었거니", "아니하였거니", "긔여 들세라", "나려 설세라"와 같은 각운의 사용과 함께 구문의 반복은 주변 환경의 구체물에 화자의 마음을 전이시키는 데 일조를 한다. 이렇게 운이나 어미, 단어의 배치와 반복되는 영상이 작품의 주제나 화자의 정서를 섬세하게 나타내고 나아가 독자의 정서적 반응을 유발시키는 것이다.

장철환은 『정지용의 시의 연구』에서 정지용 시의 리듬 연구는 '음가적 반복'에 있다고 보았다. 이때의 반복은 각운만을 지시하는 것이 아니라 음운, 단어, 문장 등 전체의 층위에서 일어나는 것을 가리킨다. 그는 이를 불규칙적이고 비정형적인 양상으로 보았는데, 가령 동일한 문장보다 유사문장의 반복이 주를 이루는 것은 정지용이 동일성 내부에서도 차이와 변화에 대해 인식하고 있음을 예증한다. 또 그는 "구절 단위의 반복은 대부분 부분적으로 실현되기 때문에 반복의 실제적 양상과 효과"는 다양하고 산발적인 특징을 지닌다고 하였다. 그것은 지용이 소리의 증충적 효과에 대한 인식을 가지고 언어가 갖는 미적 가치 표현에 주의를 기울인 시인[40]이라고 본 것이다.

그대 함끠 한나잘 벗어나온 그머흔 골작이   이제 바람이 차지하는다   앞 낲의 곱은 가지에 걸리어 파람 부는가 하니   창을 바로치놋다   밤 이윽쟈 화롯ㅅ불 아쉽어 지고   촉불도 치위타는양 눈섭 아사리느니   나의 눈동자 한밤에 푸르러 누은 나를 지킨다   푼푼한 그대 모습 훈훈한 그대 말씨   나를 이내 잠들이고 옴기셨는다   조찰한 벼개로 그래 예시니   내사 나의 슬기와 외롬을 새로 고를 밖에!   땅을 쪼기고 솟아 고히는 태고로 한양 더운물 어둠속에 홀로 지적거리고   성긴 눈이 별도 없는 거리에 날리어라.

─「溫井」 전문, 『백록담』(1946.10), 42쪽

---

40 장철환, 「정지용 시의 리듬 연구」, 『한국시학회 한국시학연구』 제36호, 2013, 97쪽.

시에 있어서 '어조'는 "화자의 태도를 표현하는 것"으로 화자와 어조는 떼어놓을 수 없는 사이가 된다. 시인은 시의 제재를 처리할 때 자기 목소리를 가짐으로써 개성적인 작가가 된다.[41]

이 시는 사랑하는 이에 대한 화자의 마음을 사물의 속성이나 분위기를 통해 미학적으로 형상화한 작품이다. "화롯불 아쉽다", "촛불도 치위 타는양", "눈썹 아사리느니"와 같은 시어는 시인이 가지고 있는 테마를 직접 진술하지 않고 이미지로서 화자의 '사랑'을 대신 말하고 있는 것이다. 시인은 이 시에서 "차지하는다", "치솟다", "지키는다", "옮기셨도다"와 같이 의고적 종결어미를 다채롭게 사용하고 있어 시 전체의 분위기를 고풍스럽게 한다. 이러한 것이 이 시에서 정지용 시인의 문체를 형성하는 특징이 되는데 다른 모든 시인의 문체에 대해 김준오는 다음과 같이 말한다.

> 그(시인)가 다루는 제재는 언제나 동일할 수는 없다. 또한 그의 개성이라든가 자아도 통시적으로 언제나 동일하지 않다. 그의 개성은 타고날 때부터 주어진 것이 아니라 사회적 경험의 과정에서 발생되고 형성된다. 그러므로 그의 태도는 통시적으로 보아 정적 · 고정적 · 불변적인 것이 될 수 없다. [···중략···] 문체의 중요성은 여기서 발생한다. 왜냐하면 개성적 태도뿐만 아니라 이런 다양한 변화의 태도는 쓰는 방법, 즉 문체에 의해서 제기되기 때문이다.[42]

정지용 시인은 시를 쓸 때 독특한 시각에서 제재를 다룬다. 가령 위의 시 「溫井」에서처럼 '골짜기', '나무', '화롯불', '촛불' 등 사물적 매개 수단을 동원하여 그의 감정과 정서, 전체적인 내용의 분위기를 드러낸다.

---

41 김준오, 앞의 책, 258~259쪽.
42 김준오는 "그(시인)의 태도는 그가 다루는 제재의 변화에 따라 또는 한 시기에 걸친 그 자신의 변화에 따라 변하기 마련"이라고 하였다. 그것은 "정지되고 경직된 것이 아니라 다양하고 유연성을 띤 현상"이라고 보았다. 김준오, 위의 책, 262쪽.

스스로를 경계하며 사랑하는 사람에게 가까이 갈 수 없는 화자의 안타까운 마음을 "촉불도 치위 타는 양 눈썹아사리느니"라고 독특하게 표현한다. 여기에서 '아사리다'는 '자신을 자제하며 스스로를 경계하는 것'을 뜻하는데 '사리다' 앞에 'ㅏ'를 덧붙여 만든 신조어 '아사리다'는 '짐승이 겁을 먹고 꼬리를 다리 사이에 구부리며 경계한다'는 뜻을 갖는데 이는 '어떤 일에 적극적으로 나서지 않고 살살 피하'는 모양을 드러낸다. 이것이 "나의 눈동자 한밤에 푸르러 누운 나를 지키는다"와 같이 다소 모호한 표현에 대한 해석을 가능하게 해준다. 곧 눈썹을 아사리는 그 촛불을 나의 눈동자로 은유함과 동시에 그것이 한밤 내 나를 지키는 것으로 표현한 것이다.

"그대 함끠 한나잘 벗어나온 그머흔 골작이/이제 바람이 차지하는다 앞 남긔 곱은 가지에 걸리어 바람 부는가 하니/창을 바로치놋다"와 같은 시행에서 "차지하는가?"와 "바람 부는가"와 같은 설의와 '-이'와 '-다'의 반복구조는 일정한 대구의 체계를 이루고 리듬을 형성한다. 이러한 '-이'와 '-다' 종결어미는 반복에 의한 음악성을 드러낸다. 또 이 시행에서 드러나는 'ㅎ'음의 반복은 '함끠', '한나절', '머흔' 등에서 볼 수 있다. 이러한 자음 반복을 사용하는 것은 'ㄱ' 음운에서도 발견된다. 가령, '앞남긔', '곱은', '가지', '걸리어' 등이 그것이다.

시 속의 내용은 그대와 내가 금강산 산행 중 '온정리'라는 온천에서 하룻밤을 묵는 과정 속에 일어나는 현상과 화자의 심경을 드러낸다. 밤이 깊어지자 사랑하는 사람은 화자 곁을 떠나고 화자는 어쩔 수 없이 홀로 남아 깊은 외로움을 받아들일 수밖에 없게 된다. 보들레르가 일찍이 말한 바 있는 "영혼의 서정적 움직임"이나 "상념의 물결침"[43]이 이 부분

---

43 총 51편에 이르는 '소(小) 산문시' 『파리의 우울』은 니체의 아포리즘을 연상시키는데 이 작품이 세상에 처음 나왔을 때 프랑스 시인 테오도르 드방빌은 이를 "하나의 진정한 문학적 사건"이라고 했다. 샤를 피에르 보들레르, 윤영애 역, 앞의 책.

에서도 드러난다. 이때 'ㅎ'음의 동심원은 깊고 조용한 장소와 시간 속에서 쓸쓸한 느낌을 자아내고 반복해서 드러나는 'ㄱ'폐쇄음은 툭툭 끊겨 나가는 바람소리를 연상시킨다. 그대와 함께한 먼 골짜기는 부드러운 느낌을 불러오지만 그곳을 벗어나자 바람이 차지한다. 가까이 있어도 함께하지 못하는 화자의 심정은 '가지에 걸리거나 창에 부딪치는' 바람의 모습과 유사하다. 유연하면서 동시에 거친 시적 장면은 사랑하는 이와 함께하지 못하는 화자의 심정을 비유한 것이다.

2. 형식(Forme) — 의미(Sens)로 변주되는 자유율

1) 통사적 차원의 리듬 수행과 의미율

리듬하면 정형률을 떠올리게 되지만 아리스토텔레스는 시를 "전적으로 형식적인 방식으로만 정의"하지 않고 정형시구는 여러 가지 리듬의 한 부분으로 보고 있다. 그는 『시학』에서 시의 가치가 내적 예술성을 구성하는 '의미 생성 과정(시니피앙스, signifiance)' 전반에서 발생한다는 사실을 상정한다. 언어에서 "의미생산의 비주류처럼 여겨지는 음절, 접속사 그리고 이와 상반되는 요소로 인식되던 명사나 동사를 공히 '동일한 이론적 관점'에 근거하여 동등한 가치가 있는 구성 요소"로 파악[44]하는 것이다. 따라서 시적 현대성은 "운문에 의해 정의되는 시의 형식주의적인 착각을 더 이상 견딜 수 없게 만들어" 삶의 형식에 따라 언어활동의 형식이 달라질 수 있음을 시사한다.

---

[44] Aristote, *Poetique*, Gallimard, 1990, pp.20-22.

시의 진의는 어디에 있을까? 형식주의자들은 흔히 현양(foregrounding)이나 낯설게 하기(defamiliarization)와 같은 시적 언어의 자체 현시적 특성을 통해 그 것을 설명하려 한다. 시의 언어가 드러내는 질서의 세계 너머에는 무질서한 현 실의 세계가 있다. 시작품의 自足性을 논의할 때 이러한 미메시스의 세계가 간 과되기 쉽다. 능기(signifiant)의 유희가 시를 이룬다고 하지만 소기(signifié) 없 는 능기는 존재할 수 없는 것이다. 시의 통사론과 의미론, 표현 형식과 내용 형 식이 두루 시작품의 유기론 안에서 논의되어야 하는 것은 그런 까닭이다.[45]

이것은 리듬과 리듬의 인식론이 "의미와 불가분의 관계"에 있음을 의 미한다.[46] 지용이 불혹의 나이를 바라보면서 동적이고 역동적인 물의 세 계에서 정적인 산의 세계로 변화를 맞이하는데 이것은 운둔의 정신세계 로 들어서는 것을 의미한다. 형식에서 의미, 시에서 산문, 육체에서 정신 으로의 지향은 세속적 욕망으로부터 초탈한 정신세계를 추구하는 것이 며, 이는 지용이 몸담고 있는 시대적인 요인으로부터 기인한다.

畵具를 메고 山을 疊疊 들어간 후   이내 踪跡이 杳然하다 丹楓이 이울고 峯마다 찡그리고 눈이 날고 嶺우에 賣店은 덧문 속문이 닫치고   三宗내―열 리지 않았다   해를 넘어 봄이 짙도록   눈이 처마와 키가 같았다   大幅 「캔바스」 우에는 木花송이 같은 한떨기 지난해 흰 구름이 새로 미끄러지고 瀑布소리 차츰 불고 푸른 하늘 되돌아서 오건만   구두와 안ㅅ신이 나란히 노 힌채 戀愛가 비린내를 풍기기 시작했다.   그날밤 집집 들창마다 夕刊에 비린 내가 끼치었다   博多 胎生 수수한 寡婦 흰얼골 이사   淮腸 高城사람들 끼 리에도 익었건만   賣店 바깥 主人 된 畵家는 이름조차 없고 松花가루 노랗고 빽 빽국 고비 고사리 고브라지고   호랑나븨 쌍을 지여 훨 훨 靑山을 넘고.

―「호랑나븨」 전문, 『백록담』(1946.10), 48~49쪽

45 송효섭, 「「白鹿潭」의 구조와 서정」, 『정지용 연구』, 새문사, 1988, 55쪽.
46 조재룡, 앞의 책, 305~306쪽.

지용의 자유시가 순수하게 객관적 상관물에 의한 이미지와 리듬만으로 되어 있지 않듯 산문시 역시 순수하게 진술만으로 되어 있지 않다. 시의 장르를 가를 때 묘사와 리듬이 우세하면 자유시, 이야기 즉 서술이 우세하면 산문시로 범주화되는데 지용의 산문시는 이 두 문체가 뒤섞여 있다. 감각적 이미지가 배제되지 않으면서 실제 인간의 삶과 행위가 표현되어 포괄의 원리가 작용한다. 시에 스토리를 도입함으로써 화자가 보여주는 객관적 장면들은 삶 자체의 관심을 융합시킨다. 지용이 본격적인 시의 리얼리즘을 추구한 것은 아니지만 위의 시에서처럼 등장인물의 행위나 사건을 묘사함으로써 얼핏 민중의 내면 풍경을 엿볼 수 있게 하여 일종의 서사적 흥미를 느끼게 한다.

이 시는 산 속에서 매점 여인과 화가의 만남과 사랑, 그리고 죽음을 시간의 순서대로 이야기하고 있다. 문장의 끝에는 마침표가 없으며 마지막에 가서 단 하나를 찍을 때까지 이 시에 나오는 등장인물을 현상으로서만 드러내고 있다. 일상적 풍경의 공간적 정보들이 인접성의 원리로 연결되는데 이러한 즉물적 표층시는 평서형 종결어미 '-다'를 사용하여 시인의 감상이 철저히 배제되고 오로지 카메라 시점[47]으로 표현되고 있다.

세계를 읽는 데는 사실을 사실로 읽을 수 있는 시각이 중요하다. 그러나 더 중요한 것은 그 사실들이 서로 어울려 세계를 말하고 있다는 것을 아는 것이다.[48]

---

47 "'카메라'라는 기계가 포착하는 것은 삶과 사물의 외부일 뿐 인간적 의미나 감정은 처음부터 존재할 수 없는 것이다. 그만큼 미적 거리를 길게 유지한다." 김준오, 앞의 책, 367쪽.
48 사실들이 어울려 세계를 말할 때, "우리는 어떤 현상에서 눈에 보이는 사실보다 더 무겁고 충격적인 심리적 총량으로서의 사실감을 자기의 것으로 받아들이게" 되는 것이다. 오규원, 『가슴이 붉은 딱새』, 문학동네, 1996, 135쪽.

오규원은 '날 이미지의 현상학'을 위와 같이 말한다. 그는 "시란 감정의 해방이 아니고 감정으로부터의 탈출"[49]이라는 엘리어트의 말을 따른다. 그의 주장대로 정지용의 시 「호랑나븨」역시 시적인 요소가 세속적이고 구체적인 현실과 긴밀히 결합하고 있지만 화자의 논평은 삼가고 있다. 이시에 등장하는 개별자와 자연풍경이 맞닿아 있는 흐름이 시 전체의 이미지를 연결시켜 주는데 "그 풍경이 묘사되는 태도나 방식 속에 정신과 내면이 반영"되고 있다.[50] 이것은 일상 언어가 시적 언어로 변용되는 지점이다. 이 시의 마지막 부분에서 호랑나비가 쌍을 이루어 청산을 넘어가는 것에 대해 시인의 부연적 표현은 없어도 외압적인 일제시대에 시인이 인간세상으로부터 멀어지고자 하는 욕구를 담고 있는 것으로 해석할 수 있다.

이 시에 드러나는 '산', '밤', '겨울' 이미지는 '바다', '낮', '여름'과 대조적인 것으로 후자의 유동성에 비해 전자는 부동의 이미지를 나타낸다. 이러한 의미 맥락을 리듬이 지니는 변별적 형태로 연결하는 것을 살펴보도록 하자.

위의 산문시를 연으로 나눈다면 5연으로 나눌 수 있다. "畵具를 메고 ~踪跡이 杳然하다"까지 1연, "丹楓이 이울고~키가 같었다"까지 2연, "大幅 「캔바스」 우에는~끼치였다"까지 3연, "博多 胎生 수수한~이름조차 없고", "松花가루 노랗고~훨 훨 靑山을 넘다."가 각각 4연과 5연이다. 이 시에서 리듬이 느껴지는 연은 2연이다. "단풍이 이울고", "봉마다 찡그리고", "눈이 날고", "속문이 닫히고"와 같이 시문을 병치하였다. 이것은 변화하는 자연의 모습을 묘사한 것으로 시행 끝에 '-고'를 반복함으로써 경쾌한 각운을 형성한다.

---

49 T.S, Eliot, *Selected Essays*, Faber and Faber Limited, 1980, p.21. 김순오, 『시론』, 앞의 책, 344~345쪽에서 재인용.

50 김애희, 「정지용 후기 시집 『백록담』 연구」, 전남대학교 대학원 석사학위논문, 2008, 42쪽.

변화무쌍한 산장 밖의 풍경과 대조적으로 산장 안의 화가와 과부의 소식은 겨울에서 봄까지 묘연하다. 대신 화가의 캔버스 위에는 지난해의 흰구름이 미끄러지고 있다. 폭포 소리가 다시 들리고 푸른 하늘이 비추어도 그들의 연애는 비린내만 끼치고 있다. 이렇게 다소 무거운 서사에 비해 자연적 환경은 가벼운 이미지와 리듬을 타고 흘러나온다.

4연과 5연의 "이름조차 없고", "송화가루 노랗고", "고사리 고브라지고", "훨훨 청산을 넘고" 역시 반복으로 리듬을 형성한다. 이러한 리듬에 의해 의미의 연동이 실현된다고 볼 때 그것은 형식의 문제에서 의미의 문제로 옮아가는 역할을 한다. "三宗내—열리지 않았다", "戀愛가 비린내를 풍기기 시작했다."와 같은 과거형의 문장이 마지막 시구인 "호랑나븨 쌍을 지여 훨 훨 靑山을 넘고."에 와서는 "넘어 갔다"와 같은 과거형이 아닌 '넘다'라는 기본형의 어미 활용으로 서술한 것에서 그들의 사랑이 아직도 끝이 아닌 진행형임을 짐작하게 한다. 더욱이 쌍을 지여 청산을 넘어가는 호랑나비에서 화가와 매점여인의 사랑과 죽음이라는 구체적인 사건은 특별한 여운을 남긴다. 외압적인 현실을 견디고자 하는 초월의 의지를 '훨훨 청산을 넘는 호랑나비'에 견주어 표현한 것이라고 볼 수 있다.

2) 간결한 형상미와 산시(山詩)의 세계

지용의 후기시에 보이는 2행 1연의 단시형은 자연이나 대상물들이 탈속적 이미저리의 간결한 묘사로 이루어진 시편들이다. 객관적 사물을 제시하여 주관적 감정을 억제하고 긴 여백과 리듬을 통해 은일의 정신이나 동양적인 선의 경지를 드러낸다.

돌에 하늘이

따로 트이고,

폭포 소리 하잔히
봄 우레를 울다.

날가지 겹겹이
모란꽃닢 포기이는듯

자위 돌아 사폿 질듯
위태로이 솟은 봉오리들.

골이 속속 접히어 들어
이내가 새포롬 서그러거리는 숫도림.

꽃가루 묻힌양 날러올라
나래 떠는 해.

보랏빛 햇살이
폭지어 빗겨 걸치이매,

기슭에 약초들의
소란한 호흡!

물새도 날러들지 않고
신비가 한끗 저자 선 한낮.

물도 젖어지지 않어

흰돌 우에 따로 구르고,

닥어 스미는 향기에

길초마다 옷깃이 매워라

귀또리도

흠식 한양

옴짓

아니 귄다

—「옥류동」전문,『조광』25호(1937.11), 134~135쪽

「옥류동」은 통사적 층위에서 작용하는 리듬이 정서와 이미지의 긴밀한 연관성을 보여준다. "돌에 하늘이/따로 트이고,//폭포소리 하잔히/봄 우레를 울다."와 같이 통사적 차원의 리듬은 행과 연의 배열을 기준으로 구분되고 있다.

행과 연은 휴지의 효과를 분명하게 보여준다. 대체로 행과 연을 구분하는 방식은 정해진 것은 아니고 의미나 이미지 혹은 리듬에 따라 자유롭게 분(分)행, 분(分)연할 수 있다. 다시 말해 시 전체의 형태에서 옛 시가처럼 리듬의 규칙성보다 적절한 변주를 통해 자연스러운 리듬을 형성한다.

위의 시는 '~고'나 '~다', '~매', '~라'와 같은 다양한 종결어미의 사용으로 시의 음악적 리듬감을 고조시키고, 연속과 순환의 의미를 강조한다. 또한 객관적이면서 분명한 어조를 지니고, 한편으로는 활달하면서도 거침없는 느낌을 준다. 형태상 안정감을 주는 '~다'의 종결어미나 유연

한 느낌을 들게 하는 '~라'는 구성상의 묘미를 주고 있다. 또 '봉오리들', '숫도림', '해', '호흡', '한낮'과 같은 명사형 시어와 명사형 종결어미의 반복적 사용은 시의 호흡에 질서를 부여한다. 명사형 어휘인 "위태로이 솟은 봉오리들", "신비가 한끗 저자 선 한낮"은 좀더 시각적이고 "나래 떠는 해"는 보다 촉각적이다. 또 "새포롬 서그러거리는 숫도림"은 촉각적, "소란한 호흡!"은 청각적인 느낌을 주면서 간결한 형상미를 더한다.

공자는 『논어』의 「팔일」편에서 관저(關雎)의 시를 두고 "즐겁되 지나치지 않고 슬프되 감상에 흐르지 아니했다"고 했다. 위의 시 「옥류동」역시 금강산 옥류동의 현상을 섬세하게 관찰하여 유쾌하고 활발한 언어 감각으로 형상화한다. 이 시에는 보이지 않는 화자가 존재한다. 시인은 이렇게 시의 미적 거리를 지키는 절제의 미학으로 세계와 사물을 새롭게 보고 해석하고 있다.

김기림은 정지용을 일러 "최초의 모더니스트"라고 하였는데 이는 그가 "음의 가치와 이미지, 청신하고 원시적인 이미지"를 우리 시에 끌어 들였기 때문[51]이라고 본다. 이것은 1920년대의 감상적인 시들에 비해 감각적이고 명랑한 감성을 표현하는 지용의 시세계를 면밀하게 평가한 것이다.

한편 지용의 시를 단순히 서구의 이미지 시와 변별되는 점을 찾는다면 그것은 그의 시 속에서 정신적 깊이를 느낄 수 있다는 점이다. 이 시가 이미지를 통해서만 「옥류동」의 정경을 묘사하고 있는 것처럼 보이지만 산수화의 여백 속, 숨은 화자의 음성을 통해 산속 세계의 신비를 감지하게 한다.

골작에는 흔히
유성이 무친다.

---

51 김기림, 앞의 책, 57쪽.

黃昏에

누뤄가 소란히 무치기도 하고,

꽃도

귀양 사는 곧,

절터ㅅ드랫는데

바람도 모히지 않고

山그림자 설퓌하면

사슴이 일어나 등을 넘어간다

—「구성동」전문, 『청색지』 2호(1938.8), 31쪽

　　이 시 역시 통사적 차원에서 행과 연을 적절히 나누고 있다. 행과 연
의 구분으로 발생하는 휴지는 산의 고요함과 신비로움을 느끼게 한다. 1
연에서 세속과 단절된 자연의 공간이 신성하게 드러나는데 2연에서 '황
혼에'와 '꽃도'를 하나의 행으로 처리하여 이러한 공간에 긴장감을 주고
있다. '황혼에 누뤄가 소란히 싸히기도 하고'나 '꽃도 귀양 사는 곳'이라
고 썼다면 강조의 효과도 없고 개성적 리듬도 없어 섬세한 의식의 흐름
을 반영하는 데 실패했을 것이다. 시인은 이 시에서 시의 행가름이 음악
성을 살리고 이러한 소리의 형식이 의미의 변화를 가져오는 온다는 사
실을 깨우쳐주고 있다.

　　시인은 이상향의 공간을 구성동이라는 무욕의 세계로 형상화한다.
'행'과 '연' 가름이란 여백을 통해 침묵의 공간을 설정하는[52] 그는 이 시
에서 또한 객관적 상관물을 통해 지적 절제와 이미지의 조형 능력을 선

보이고 있다. 그것은 또한 고정되고 관습적인 상징이 아닌 정서나 이미지의 낯설음을 경험하게 하는 개인적 상징이다. 이 시에서 시인은 일상적 자연을 노래하면서 그를 통해 식민지 상황의 한계를 연상시키는데 그것은 3연의 "꽃도 귀양 사는 곳"에서 나타낸다. 또한 4연에서 "절터 ㅅ 드랬는데" 역시 인간의 발길이 쉽게 미치지 않는 탈속의 공간을 연상하게 한다. 또 "바람도 모히지 않고"와 같이 단절된 정서를 간접적으로 느끼게 한다.

시인은 2행 1연의 절제된 형식으로 山이라는 정신적 공간을 구체적으로 묘사하여 이처럼 정신적 한계를 그린다. 그는 고정된 실체를 쓰더라도 일상적 감상의 넋두리가 아닌 침묵의 기술을 들여온다. '구성동'에 대한 이모저모를 말하면서도 골짜기나 꽃, 절터 같은 변두리의 하찮은 것에 눈길을 주고 있다. 정곡을 찔러 말하지 않고 에둘러 말하는 방식을 택하는 그의 시는 때때로 시의 즉각적 이해를 지연시킨다. 생략과 우회의 방식으로 시를 낯설게 하지만 그렇게 함으로써 그는 시의 새로운 정신과 실감을 독자들에게 참신하게 전달한다.[53] 지용은 비록 생활적 인간사의 요소가 전면에 드러나지 않지만 시대적인 불안한 정서와 징후를 정적인 자연물에 이입하여 시를 썼다고 볼 수 있다. 그러한 은일의 정신은 스스로 당면한 현실을 비춰 보이는 거울이 되었다.

돌에
그늘이 차고,

---

[52] T.S 엘리엇은 현대 세계의 파편화를 단어의 조각과 문장의 파편으로 보여준다. 그는 「황무지」라는 시에서 "유럽 정신사의 위대한 작품들에 대한 암시"를 드러내면서 우리에게 "침묵의 공간"을 보여준다. T.S. 엘리엇, 『황무지』, 1922. 크리스티아네 쥐른트, 조우호 옮김, 『사람이 읽어야 할 모든 것─책』, 두서출판 들녘, 2010에서 재인용. http//www.ddd21.co.kr

[53] 사르트르는 "한 집단이 문학을 통해서 반성과 사유의 길로 들어서며 불행의식을 갖추고 자신의 불안정한 모습을 알게 되어 부단히 그것을 바꾸고 개선해 나가려고 한다"고 하였다. 장폴 사르트르, 정명환 역, 『문학이란 무엇인가』, 민음사, 1998.

따로 몰리는
소소리 바람.

앞 섯거니 하야
꼬리 치날리여 세우고,

종종 다리 깟칠한
山새 걸음 거리.

여울 지어
수척한 흰 물살,

갈갈히
손가락 펴고,

멎은듯
새삼 돋는 비入낯

붉은 닢 닢
소란히 밟고 간다.

　　　　　　　　　　　　ㅡ「비」전문, 『문장』 23호(1941.1), 116~117쪽. 『백록담』에 재수록

　　각 2행으로 분절된 8연의 이 시는 1, 3, 6연의 '~고'로 끝나는 어미의 반복과, 명사형으로 끝나는 2, 4, 5, 7연이 언어적 절제를 돋보이게 하여 자연 현상의 묘사가 정교하게 드러난다. 이렇게 리듬과 언어로 소묘된

산수화는 직접 의미를 지시하지 않고 이미지를 통해서 의경(意景)을 전달한다. "경물의 묘사를 통한 정의(情意)의 포착을 중시"하는 한시에서는 예전부터 '그리지 않고 그리기'와 '말하지 않고 말하기'의 방식이 있어 왔다.

화가가 달을 그리지 않고 달을 그리는 방법과, 시인이 말하지 않고 말하는 수법 사이에는 공통으로 관류하는 정신이 있다. 구름 속을 지나가는 신룡神龍은 머리만 보일 뿐 꼬리는 보이지 않는 법이다. "한 글자도 나타내지 않았으나 풍류를 다 얻었다. 不著一字, 盡得風流"는 말이 있다. 또 "단지 경물을 묘사할 뿐이나 정의情義가 저절로 드러난다. 只須述景　情意自出"고도 한다. 요컨대 한 편의 훌륭한 시는 시인의 독백으로써가 아니라 대상을 통한 객관적 상관물(objective comelative)원리로써 독자에게 전달된다. 즉 시인은 하고 싶은 말을 직접 말하는 대신, 대상 속에 응축시켜 표달해야 한다. 그래서 "산은 끊어져도 봉우리는 이어진다 山斷雲連"는 말이 나왔다.[54]

위의 시 「비」는 화자의 어떤 논평도 설명도 없이 장면의 제시만으로 비 오는 날의 자연 현상을 그리고 있다. 이 시에서 시적 화자는 숨어 있고 시적 배경을 단편적으로 감각화하고 있다. 가령, "돌에/그늘이 차고.//따로 몰리는/소소리 바람"에서 시인이나 시적 화자의 목소리가 전면에서 들리는 것이 아니지만 '그늘이 차다'라든가 '따로 몰'린다든가 하는 숨은 화자의 인식이 분명히 나타나고 있다. 또한 "종종 다리 깟칠한"이라든가 '수척한 흰 물살' 같은 부분에서도 '까칠하다'나 '수척하다'라는 느낌이 명사 '다리'와 '물살'을 꾸며주고 있다. 설명의 삽입을 배제하고 가능한 절제된 리듬 감각과 자연 현상의 섬세한 묘사로 시적

---

54 정민, 앞의 책, 30쪽.

상황을 암시적으로 드러내는 이러한 함축적 방식의 시 쓰기는 독자의 창조적인 시 읽기의 참여를 유발시킨다. 다시 말해 시 밖으로 노출된 화자의 입김이나 시선이 배제됨으로써 독자들은 상투화된 인식을 깨고 사물의 심상 안에 자유롭게 동참하게 되는 것이다.

제4장_정지용 시의 리듬과 시사적 의의

정지용 시의 리듬과 시사적 의의

장소와 상황에 따라 옷차림이 달라지듯 다양한 리듬을 적절히 활용하여 다른 요소들과 조화를 이루게 하는 것은 정지용 시의 특장이 된다. 그것은 정형시와 자유시, 산문시로 자유롭게 변용되는 그의 전기와 후기시의 변화 과정에서 알 수 있다.

정지용 시의 리듬은 음운, 단어, 문장 등 전체의 층위에서 일어나는 반복이 주를 이루어 반복의 실제적 양상은 다양하고 산발적이다. 장철환은 이를 불규칙적이고 비정형적인 양상으로 보았는데 이는 정지용이 동일성 내부에서도 차이와 변화에 대해 인식하고 있음을 예증하며 소리의 중층적 효과에 대한 인식을 가지고 언어가 갖는 미적 가치에 주의를 기울인 시인이었음을 증명하는 것이다.[1] 그의 산문시 역시 묘사(description), 서술(narrative), 대화(dialogue)가 조화를 이룬다. 인물, 정황, 사건 풍경들은 마치 사실의 경우나 형편에서 체험하는 것과 같은 느낌이 일어나도록 그려 보이는데 이때에도 주체, 인물, 플롯, 태도 등에서 긴장된 감정이나 함축적 의미를 고려하여 시적 상징들로 형상화하였다.

---

[1] 장철환, 「정지용 시의 리듬 연구」, 앞의 글, 97쪽.

지용은 객관적 대상에 대한 감각이나 지각작용의 체험을 확고히 표현하여 예술적 현대성을 공고히 하였기에 그 시사적 의의를 가진다.[2] 그의 후기 산문시 속에는 자유시형에서 나타나는 다양한 음악적 장치들이 엿보이는데 반복과 '생략', '우회'의 방식 등을 비롯해 낯설게 하기의 용법으로 새로운 시적 성과를 드러내고 있다. 이것은 지용 시의 현대성이 전기의 모더니즘 시에서만 보이는 것이 아님을 말해준다.

"생각하고, 느끼고, 보고, 들은 결과 얻어낸 것으로 생명의 형태를 만드는 것"이 현대성[3]이라면 생명의 형태를 만드는 것─'현대성'은 모든 억압이나 일상의 상태 속에서 다시 나타나는 것이다. 지용이 초기의 이미지적 바다시에서 후기의 종교시와 산수시로 옮겨가는 과정에서 사용한 감각적 리듬과 입체적 산문 시어는 언어유희가 아니라 김우창이 말한 바 있는 "생의 경험에 대한 충실"[4]이라고 할 수 있다.

지용은 시의 음악성이 가진 미적 가치를 간과하지 않고 리듬 의식에 대한 다양성과 역동적 창조성을 지나치지 않았다. 정지용 시의 음악적 내재율에 대한 검토가 필요한 것은 그의 시가 언어의 소리로서의 특징을 살린 리듬과 의미를 잘 결합하여 시의 제 요소를 내적으로 통합하는 시어의 현대화를 이루었기 때문이다. 일례로 『학조』 1호에 발표한 「카페─프란스」나 「슬픈 印象畵」, 「爬忠類動物」에서 '선택'과 '배치'라는 언술의 구성적 원리로 근대적 정신을 표출하고 있다. 그는 이러한 시들에서 리듬 의식에 대한 미학적 형상과 의미의 효과를 만들어 내어 모국어의 가치를 높인다. 이것은 또한 우리 시가 가진 현대성을 보여줌으로써 그

---

2 '현대성'이란 "장르의 혼용"을 통째로 바꾸기 시작한 것은 무엇일까? 그것은 바로 이성 대(對) 비이성, 성스러움 대 세속성, 시(詩) 대 산문처럼, 전통의 비호를 받으며 좀처럼 구분의 진의를 의심받지 않은 채 기계적으로 유습되고 반복되어온 이분법적인 도식이다. 현대성은 바로 이러한 이분법적인 도식들에 불안과 동요를 감염시키는 일종의 전염병인 것이다." H.Meschonnic, *Les Etats de la poetique*, puf, 1985, p.51.

3 앙리 메쇼닉, 위의 책, 26쪽.

4 김우창, 「한국시와 형이상」, 『궁핍한 시대의 시인』, 민음사, 1977, 51쪽.

가 한국 현대시사에서 높이 평가받는 시인임을 증명하는 일이 된다.

지용은 언어에 대한 세련된 감각으로 사물이 가지는 특성을 현대적으로 형상화하였고 따라서 '최초의 모더니스트'[5]라는 소리를 듣게 되었다. 정지용에 대한 당대의 논의는 두 갈래로 갈리는데 우선 김기림은 지용이 "우리 시 속에 '현대의 호흡과 맥박'을 부려놓은 최초의 시인"[6]이라고 평가하였다. 반면 카프의 대표적 이론가인 임화는 지용을 일러 "내용과 사상을 방기한, 현실에 대해 비관심주의자"[7]라고 비판한다. 기계적인 기교주의로 흘렀다는 임화의 비난에 대해서는 후기 산문시로 이어지는 내용과 연계하여 좀더 숙고해볼 일이지만, 그가 1920~30년대 리듬과 비유 등 세련된 시작 방식으로 우리나라 언어에 대해 새로운 자각을 보여준 것은 높이 평가받을 만하다. 전통과 모더니즘적 요소의 상관 속에서 전통 시가의 운율을 살리면서 율격 내부의 호흡 패턴에 변화를 준 것역시 시적 예술의 혁신을 가능하게 할 만한 일이라고 할 수 있다.

시와 산문의 차이를 말할 때 보통 운문은 이미지, 각운, 운율 등으로 이루어져 무용(舞踊)의 언어에 비유하고, 산문은 하나의 명확한 목표를 향해 나아가는 보행(步行)의 언어에 비유하였다. 정지용은 이러한 획일적 구분을 지양하고 자유시와 산문시의 경계를 비교적 자유롭게 넘나든다.

산문과 시라는 전통적인 이분법을 붕괴시키는 과정을 몸소 실행한 시인은 보들레르이다. 그는 시가 미지의 영역으로 향하는 관건을 "형식의 문제"에서 "의미의 문제"로 전환하는 시도로 보았다. 운문과 산문의 이분법을 부정하는 관점은 자유시와 산문시의 현대성에 더 많은 관심을 갖게 하였고 문학 이론 전반에 새로운 문학 개념을 탄생시키는 매우 중요한 역할을 하였다.

---

5 박용철은 정지용이 최초의 모더니스트냅새 "朝鮮詩에 새로우 指標노릇"을 하였다고 하였다. 박용철, 「문단 1년의 성과」, 『조광』 14호, 1936.12, 35쪽.
6 김기림, 「1933년 시단의 회고」, 『조선일보』, 1933.12, 7~13쪽.
7 임화, 「曇天下의 시단 1년」, 『신동아』, 1935.12.

산골 출생의 지용은 일본 경도 유학을 계기로「바다」시편들을 창작하는데 이때 경험한 새로움에 대한 충격을 참신한 리듬과 기발한 비유로 『정지용 시집』에 담았다.

한국에서 모더니즘을 최초로 실험한 이미지스트(imagist)였지만 지용은 서구의 방법론만을 답습하지 않았다. 그것은 지용이 특유의 기법으로 시어의 조탁(彫琢), 시각의 참신성 등을 실천한 점에서 알 수 있다.

영문학을 전공하고 졸업논문도 영국의 윌리엄 블레이크에 관해 쓴 지용은 영미의 모더니즘에서 그의 초기시가 좋은 결과를 얻었지만 30년대 후반기에 들어와 창작한 '산수시'는 동양의 고전과 동양사상에서 영향을 받아 창작하였다. 지용이 서구의 여러 시인들이나 중국 고전의 영향을 받았다고 하지만 1935년 시문학사에서 간행된『정지용 시집』이나 1941년도 문장사에서 펴낸『백록담』은 지용 나름의 주체적인 방식으로 출간되었다. 이것은 결국 지용이 독창적 감수성이나 절제된 이미지로 시의 경지를 개척하고 표출하여 한국 현대시가 성숙하는 데 일조했다는 것을 말해준다.

이 시기 한국에서는 근대화가 진행되어서 정지용 역시 근대 체험을 하게 되었지만 그의 시에서 '현대성' 개념은 시간의 연대기적 차원에서 발생한 것은 아니었다. 현대성은 현재적 삶에 대해 인간이 갖는 관계 자체이므로 당시 한국적 모더니티의 특수성은 지용에게 서구의 형식이나 감각적 방법의 무조건적인 수용을 허락하지 않게 하였다. 그는 식민지 근대적 자아의 존재 확인에 이어 곧 동양의 전통적 내용이 품고 있는 정신을 추구하였는데 이러한 그의 동양주의 역시 동양 전통 자체의 복원을 말하는 것이 아니라 동양의 전통을 반성하는 현재의 자아를 시화하는 것이었다.[8]

---

8 보들레르가 말한 '하찮은 삶'에 이르기까지 현대성이란 현재에 위치하는 것이 무엇인가에 대한 예측이다. 앙리 메쇼닉, 김다은 옮김,『모데르니테 모데르니테』, 동문선, 1988, 26쪽.

그는 감각과 리듬으로 형상화한 전기시와, 전통적 산수미를 산문적으로 묘사한 후기시를 이분법으로 단절하고 대립시키는 관점을 극복하고 서구적 방법과 사상을 고전이나 전통의식 위에 구축하여 새로운 기법으로 한국적 특색을 살리려고 애를 썼다. 이러한 방식은 후대의 문인들에게도 영향을 미쳤다. 6년 만에 일본 도시샤대를 졸업한 지용은『시문학』동인으로 활동하면서 1930년대 한국시단의 주역으로 부상했는데, 그는『카톨릭 청년』의 편집을 맡으면서 김기림·이상·장서언 등 시인들에게 전위적인 시들을 발표할 수 있도록 기회를 주었다. 또 지용은 1939년 2월『문장』지의 간행 이후 시부문 추천 위원이 되어 조지훈, 박목월, 박두진, 박남수, 김종한, 이환직 등을 추천하였다.

내 손으로 가려 낸 이가 이 다음에 大成하신다면 내게도 一生의 영광이 될 것이요, 秀한 詩를 몰라보고 넘기었다면 그는 얼마나 높은 詩人이었겠습니까? 그러나 빛난 것이 그대로 감초일 수는 없는 것이외다. 그리고 나의 評을 듣기에 그다지 集燎할 것이 없으니 그저 읽고 생각하고 짓고 고치고 앓고 말라보시오. 당신이 닦은 明鏡에 당신의 詩가 스사로 웃고 나설 때까지[9]

이태준이 편집을 맡고 지용이 추천사를 쓴『문장』지는 당시 시인 지망생들에게 큰 영향을 주면서 한국문단의 추천제를 정착시키는 역할을 하였다. 지용의 왕성한 문학 활동에 대해 한때 '문학의 제문제'라는 신춘좌담회에서 '芝溶의 에피고넨'이란 용어를 쓰면서 직간접으로 지용이 당시 문학계에 큰 영향을 미치는 것에 우려를 드러낸 적도 있다.[10] 하지만 나름의 시세계를 개척해 나가던 지용은 당시 작가들의 문학적 출발

---

9 정지용, '詩選後',『문장』, 1939.4, 132쪽.
10 지용의 첫시집이 출간되자 그를 따르는 에피고넨(아류자)들이 형성되어 그것을 경계하기도 한 것. '文學의 諸問題',『문장』, 1940.1, 191~192쪽.

을 도와 그들 나름대로의 문학 세계를 개척할 수 있도록 방향 제시를 해주었다. 추천을 받은 작가들이 지용의 아류가 아니라는 것은 그들의 작품 세계가 각자 차이와 개성을 지니고 있었다는 것에서 확인된다.

박두진은 자연의 생명력을 유장한 리듬감에 실어 산문 율소 속에서 산문시 형태로 표출하였고, 박목월은 민요적 율조가 가미된 함축적이고 즉물적인 이미지의 짤막한 서정시를 써 나갔다. 조지훈은 고전적 분위기로 의고체의 시를 발표하여 그들 각자 지향하는 시세계의 방향이 같지 않았다. 청록파에 해당하는 조지훈, 박두진, 박목월과 이상, 윤동주, 박남수, 이환직, 김종환 같은 걸직한 시인들은 지용의 사상에 많은 공명(共鳴)을 느꼈지만 지용은 그의 아류가 되지 않도록 유의하였다. 이후 그들이 우리나라 시문학의 중요한 위치를 차지할 정도의 문학적 성과를 낼 수 있도록 지용은 시적 방향을 제시해주었다.

제5장_ 결론

결론

한국 근대시가 활발하게 추진되어 본격적인 현대시로 정립되는 시기가 1930년대이다. 이 시기는 서구의 현대적 사조가 수용되어 시대의 중심사상을 모색하던 때이다. 우리 시에서 '전형기'의 공간으로 보는 1930년대 정지용은『시문학』창간을 계기로 모더니즘 시의 대표적인 시인으로 활동하였다.

정지용은 근대 이전과 근대의 경험을 동시에 지니고 전통 지향과 모더니티 지향 사이에서 식민지 문학인으로 자기 정체성을 고민하였지만 시인만의 특성을 살려『정지용 시집』과『백록담』에 그 뛰어난 시들을 담아내고 있다. 그의 시는 바다를 중심 제재로 한 초기의 이미지즘 시에서 중기의 '종교적 경향'을 거쳐 후기 정신주의적인 '산수시'로 이어진다. 이것은 정지용의 시를 전통 지향과 모더니티 지향의 길항관계가 구현하는 시정신과 시형식의 양 측면에서 살펴보아야 하는 이유가 된다.

지용은 기존의 율격론이 견지해온 규칙적인 방법론을 지양하고 현대시의 자유로운 리듬에 적합한 시적인 방식을 정초하였다. 따라서 본 연구에서는 그러한 시의 형태와 구성이 어떻게 미학적 의미를 만들어내는지 정지용 시에 나타난 리듬에 대해 그 구조적 원리의 관점에서 알아보았다. 이것은 또한 '정지용의 전통 율격이 어떻게 현대시로 갱신되는가' 혹은 '어떻게 현대적으로 살아있는가'에 대한 문제이기도 하다. 이에 전통적인 압운이나 율격을 창조적으로 변용하여 새로운 의미와 호흡을 창출하는 정지용 시의 리듬을 가능한 한 구체적이고 실제적인 사례에서 찾아보고 시인의 새로운 리듬 의식을 조망해보았다.

먼저 정지용 초기시의 리듬 양상은 회화성 못지않게 언어의 소리로서 특징을 살린 '음악성'을 살리고 있다. 정지용 시 중 상당수 민요의 율격을 그대로 계승하고 있는데 그는 전통적 율격과의 통로를 차단하지 않고 한국의 언어미를 살려 동시와 민요풍의 시를 쓴 것이다.

『신소년』 5권에 발표한 「할아버지」는 전통 시가의 음보율을 변형하는 방식으로 띄어쓰기의 의도적 행갈이를 하고 있다. 또한 「산에서 온 새」에서는 공간과 시간의 나란한 병치로 층량 2보격의 형태를 띄고 있다. 정형적 리듬을 변주하면서 비정형적 양상을 보이는 「굴뚝새」와 음성 상징의 여러 요소들이 복합적으로 작용하여 리듬 효과를 가져오는 「三月삼질날」은 기본적인 음보를 변용하여 시상의 극대화를 이룬다. 예전에는 3음보나 4음보와 같은 음보의 원리나 자수율이 있어 음보나 글자 수대로 행과 연을 갈랐는데 정지용의 시에서는 행과 연 구분의 원리를 창의적으로 구분한다. 주관적인 입장에 따라서 시의 의미의 비중을 자유롭게 하는 것이다. 그래도 정지용 초기시에서 후기시까지 4·4조 민요의 전통적 리듬은 다양한 변주를 이루어나간다. 이는 그가 우리 민족의식의 심층에 놓여 있는 자연스러움의 원형을 무시하지 않고 우리말의 미감을 개성적으로 살려 쓴 결과이다.

정지용의 '동요 민요풍'의 시 23편 가운데 4·4조와 3·3조의 규칙성을 보이는 시로는 「지는 밤」(4·4조 2음보격), 「띄」(4·4조 2음보격), 「홍시」(4·4조 2음보격), 「별똥」(3·3조 2음보격), 「산에서 온 새」(1행 10음의 3음보격), 「병」(2음보격) 등이 있다. 지용은 이러한 시에서 반복과 병렬의 복합적 리듬 실행을 보여주었는데 시의 리듬은 오직 소리에 의해서만 만들어지는 것이 아니라 대구(對句)와 같이 의미의 규칙적 배열로도 형성된다는 것을 알게 하였다. 특히 「太極扇에 날니는 꿈」에서 반복과 병렬의 복합적 리듬 실현을 보여주면서 우리 전통 율격을 창조적으로 계승한다. 또한 「슬픈 汽車」에서 시인은 병렬과 대비, 대칭, 점층 구조를 사용하여 시의 리듬을 나타내기도 한다. 이 시에서 반복과 변주의 언술 구조가 내포하는 것은 물질적 차원의 기차와 화자의 무의식에 잠재된 기억이 상호 침투 회기하면서 변주의 방식으로 교차하는 것이다. 이러한 과정에서 시인은 우연한 것, 다양한 것, 차이 나는 것을 전개시키며 새로운 것(나비)을 만들어내는 생성의 원리를 더한다. 다시 말해 물질적 반복과 정신적 반복 구조가 상이한 수준에서 공존하면서 화자는 나르키소스적 자아동일성을 보존하지 않고 결핍을 조건으로 변신의 단계를 거치고 있다. 이렇게 지용시의 특장은 전통적 율격과의 밀고 당기는 긴장 관계 속에서도 스스로의 율동을 창조한다.

지용은 「산너머 저쪽」이라는 동일한 시를 수정 보완하여 1927~1935년 사이의 창작 과정을 구체적으로 보여준다. 이 시에서 들쑥날쑥하던 시행이 점차 2행 1연의 율격으로 그 구성과 음수율에서 정제된 면모로 변모하는 것을 알 수 있다. 음절수나 음보의 규칙적 반복으로 전승 민요의 형식을 지닌 시들은 『정지용 시집』에 재수록 되면서 2행 1연으로 변모하였다.

지용의 리듬 형성은 변별적인 음운 자질에 의해서도 그 성격이 이루어지고 있는데 그러한 요소가 시행 안에서 규칙적으로 반복됨으로써 통사적 체계를 갖는 것을 확인하였다. 전통적 율격과 현대 지향적 요소를 동시에 포괄하는 지용시의 리듬은 음소의 반복 사용으로 청각적으로 정형화된 소리 구조를 갖게 된다. 따라서 정지용 리듬 연구의 특징 중 하나가 '음가적 반복'에 있다고 볼 수 있는데 특정 자음과 모음의 반복적 사용으로 음운적 차원의 형태와 소리가 시의 정조나 의미의 조직으로 이어짐을 알 수 있다. 이는 앙리 메쇼닉이 말한 바 있는 자음의 고유한 조직으로 발생하는 디스쿠르의 효과로도 볼 수 있다. 이것은 특별한 음악적 효과를 빚어내면서 우리 시에 대해 새로운 자각을 보여준다.

교착어인 우리말의 문장을 음보로 분할하면 각운이 사라진다고 한 일부 학자들의 연구에 대해 지용은 그의 시에서 두운, 중간운, 모운, 자운을 살려내어 압운의 가능성을 보여준다. 그것을 입증하는 것은 음절, 어절, 문장 나아가 한 편의 시를 구성하는 언술 전체에 드러나는 음운의 반복이다. 시어를 읽을 때 느껴지는 일정한 규칙적 질서를 '시적 리듬'이라고 할 때 동일 음운의 반복과 일정한 음절수와 음보의 반복, 비슷한 구조의 반복은 전체 구조의 질서화를 실현하고 시에서 정서 상태를 반영한다.

형식 그 자체를 매번 새롭게 완성하는 지용의 자유시는 단순히 소리 형태뿐 아니라 내적인 의미까지 고려하면서 우리시의 언어적 특성과 원리에 주목한다. 소리의 반복적 규칙과 아울러 음소에서 언술의 차원까지 선택과 배치라는 구성적 원리에 따라 다수의 부분들이 하나의 체계를 만들어내기 위해 통합되어진다.

지용의 「슬픈 汽車」나 「風浪夢」 같은 시들은 동일 문장보다 유사 문장의 반복이 주를 이루어 반복의 실제적 양상은 다양하고 산발적이다. 이것은 그가 동일성 내부에서도 차이와 변화에 대해 인식하고 있음을 예증하며 소리의 증층적 효과에 대한 인식을 가지고 언어가 갖는 미적 가치에 주의를 기울인 시인이었음을 증명하는 것이다.

「산에ㅅ 색시, 들녘사내」에서는 호흡마디의 변주를 통해 비정형적 자유시를 선보이는데 2음보와 4음보의 안정된 율격을 지니면서 내적 변화를 주거나 행과 연을 불규칙하게 배치한 음보를 가지고 음절 길이의 차이를 둠으로써 화자의 감정 변화를 역동적으로 변주한다. 2호흡에서 3

호흡마디로 바뀌면서 이러한 율독의 빠르기가 빠른 표범의 움직임을 이미지화하는 등 시행의 흐름에 따라 시의 이미지나 정조가 달라지고 있음을 보여준다. 이것은 지용의 1927년을 기점으로 의미론적 요소와 긴밀히 호응하는 리듬에 대한 다양한 실험적 행위를 선보인 예가 된다.

또한 이 시에서 "드을 로"나 "아아니다"와 같은 음가의 연장은 시인의 의도적인 행위나 율독 속도에 변화를 줌으로써 시의 정조나 이미지를 달리한다. 「바다」 전문에서도 음가의 연장이라는 템포의 구현이 드러나는데 전통적 율격의 배열 양상에 영향을 주는 이러한 음가의 연장은 속도를 조절함으로써 이미지의 균형을 이룬다.

지용의 「바다」 연작은 1927년 『조선지광』에 처음 발표된 후 1935년까지 지속적으로 창작되었다. 감상성을 지양한 사물시는 시인의 내적 정서를 사물의 감각적 이미지를 통해 드러내고 있다. 이와 더불어 지용의 시 「바다」에서 보이는 것처럼 체언과 조사, 본용언과 보조 용언의 의도적인 분절은 그 시각적 표지로 인해 분절되는 어조를 감각적으로 강조하고 소리의 청각적 효과를 주고 있다. 의도적인 띄어쓰기와 행갈이를 통해 어휘의 의미를 강조하고 나아가 시인의 의도를 드러낸다.

지용은 일제강점기라는 식민지 상황을 고려하여 한국인의 근대 체험을 서구 중심의 '근대화 추구'라는 보편성과는 다른 관점으로 이해한다. 가령 「카페-프란스」에서 "오-파로트(鸚鵡) 서방!"과 같은 이야기 담화로서의 언어, 다시 말해 특정 개인이 만들어낸 현실적인 언어를 사용하여 리듬과 의식의 상관성을 보여준다. 그것은 그가 모더니스트로서 이국 취향의 성격을 드러내고 있지만 동시에 당시 망국민의 애환을 함축하고 있는 것을 보여준다.

형시면에서도 우리 시의 전통을 계승하면서 '밤'과 '뱀'처럼 말소리의 음향적 효과를 사용하거나 글씨 색깔을 진하게 하면서 "전통적인 시의 형식이 보여주는 정태성을 파괴한다. 이것은 언어에 대한 그의 예민한 감각을 시적으로 형상화한 결과이다.

전통적 민요의 율격을 따르지 않고 근대 체험의 이야기를 감각적 리듬으로 시화하는 「爬蟲類動物」이나 「슬픈 印象畵」 같은 시가 있다. 이런 시들에서도 지용은 정교한 언어적 장치로 우리 시를 고양시킨다. 가령 「爬蟲類動物」에서 시적 대상이 되는 '爬蟲類動物(파충류동물)'의 원관념은 근대문물인 '기차'에 해당한다. 이때 '털크덕 털크덕'이란 폐쇄음 'ㅌ' 'ㅋ' 등의 반복 사용은 시적 리듬을 형상화하면서 이 시의 제목에서 유추되는 거북이나 악어를 연상케 한다. 이런 감각적인 시어는 사물에 대해 시인이 가지고 있는 경계심을 효과적으로 전달한다.

「슬픈 印象畵」에서는 앙장브망(enjambement, 시행걸침)을 사용하여 시의 템포를 결정하는데, 핵심적인 어구를 한 행으로 처리하거나 핵심적인 단어를 독립적으로 놓아 화자의 심정을 노출한다.

지용은 자유시형의 다양한 음악적 성격과 함께 객관적 상관물을 이용하여 상투의 틀에서 벗어나는 이른바 '낯설게 하기' 기법으로 독자를 긴장시킨다. 특히 '생략'과 '우회' 등을 통해 의도적으로 시의 즉각적 이해를 지연시키는 '낯설게 하기' 기법은 고정된 실체가 아니라 비정형적으로 교섭하는 공간 안에서 시의 매력을 탄생시킨다.

그는 또한 「유선애상」에서 집단적 리듬 형식인 민요적 율격을 넘어서 개별적 주체 경험을 은유적으로 표현한다. 이 시에서 시인은 근대 문물에 도취된 인간 군상을 비판하는 시각을 드러낸다. 반어적 구어체의 반복이라는 내재율을 조성하여 당대 시인의 인식을 형상화한다.

이후 정신의 빈곤을 메울 수 없었던 지용은 자아와 자연 합일의 전통정신을 계승하여 산수시 창작을 전개한다. 『백록담』의 산문 시편들은 절제된 감정과 정제된 분위기로 현대적 의미의 산문시 형태를 갖추고 있다.

시의 형식을 구성하는 2대 요소가 '음악성'과 '회화성'이라면 지용은 후기 산문시에서 여백을 드러내는 휴지, 음운과 단어, 문장의 반복이나 구절의 병치, 의고체의 연결어미와 같은 고풍적인 언어, 문장 부호와 종결형 어미 등으로 호흡을 조절하여 리듬을 형성하거나 이미지를 살린다. '단락'이라는 외형적 표현형식 안에 미묘한 시공간의 흐름을 담아내는 그는 이야기의 구성에 따라 시상을 전개하면서 이미지나 은유와 같은 상징체계를 도입한다.

「장수산 1」을 비롯한 그의 후기시는 전통적 산수시에 해당하지만 통사적 차원의 내재율을 바탕으로 근대적 시정신을 지향한다. 지용의 산문시는 '반복'과 '생략', '비약'과 '암시'의 방식으로 드러나는데 그 외에도 '묘사'와 '대화', '서술'이 주를 이룬다. 이때 언어의 음악성은 풍자, 역설, 아이러니와 같은 지적인 내재율로 나타나기도 한다. '대조', '압축', '비유'와 다양한 '구어체'의 활용 등으로 지용은 산문 형식 속에 시 정신을 표현한다. 통사적 차원에서 리듬을 배열할 때 지시적 기능보다 시인의 세계인식이나 시 정신이 한결 선명하게 드러난다. 지용의 산문시에서 특이한 점은 '두 칸 이상 띄어쓰기'를 사용한 것인데 이러한 휴지는 여백의 효과를 담당한다.

「盜掘」에서는 생략과 암시적 묘사로 시적 긴장을 줌으로써 산문시의 시적 특성을 살린다. 일상의 이면을 언뜻 드러내면서 그 속에 감춰진 아이러니와 삶의 의미에 대해 독자들에게 생각해볼 여지를 주는 것이다.

또한 사물을 다면적으로 관찰하는 시 「禮狀」에서도 시인의 아이러니한 인식이 드러난다. '표현된 것'과 '의미된 것'이라는 상충된 두 개의 시점이나 이중적인 어조가 상징적 주제의식을 표현한다. 이러한 산문시는 간결하게 압축된 초기시에 비해 긴 호흡률로 긴장감을 떨어지게 한다. 하지만 그의 시세계의 변화는 문장이나 문단이라는 형태에 독특한 역할을 부여함으로써 시의 본질을 이루고 있다. 지용의 자유시가 순수하게 객관적 상관물에 의한 이미지나 리듬만으로 되어 있지 않듯 산문시 역시 순수하게 진술만으로 되어 있지 않은 것이다. 지용의 산문시는 한마디로 시에 스토리를 도입한다. 리듬과 묘사, 서술이 뒤섞여 있어 이것은 감각적 이미지가 배제되지 않으면서 실제 인간의 삶이 표현되어 포괄의 원리가 작용한다.

「호랑나븨」에서 지용은 시적인 요소에 세속적이고 구체적인 현실을 결합하고 있지만 화자의 논평은 삼가고 있다. 매점 여인과 화가의 만남과 사랑, 죽음을 그리면서 시인의 감상을 철저히 배제하고 오로지 카메라 시점으로 표현하고 있다. 이 시에서 개별자와 자연풍경이 맞닿아 시 전체의 이미지를 연결시켜 주는데 그 풍경이 묘사되는 태도나 방식 속에 시 정신과 시인의 내면이 반영되고 있다. 이것이 일상 언어가 시적 언어로 변용되는 지점이다.

「삽사리」에서는 직접적으로 시인의 인식을 다 반영하지 않고 '삽사리'라는 시적 상관물을 통해 화자의 마음을 전달한다. 이 시에서도 동일한 문장보다 유사 문장의 반복이 주를 이루는데 운이나 어미, 단어의 적절한 배치와 영상이 이 시의 정서를 나타낸다. 다시 말해 문장 전체의 층위에서 음소나 단어의 반복적 사용과 함께 활유법을 사용함으로써 주변 환경의 구체물에 화자의 마음을 전이시킨다.

그 외 2행 1연의 지용의 후기 단시형은 간결한 형상미 속에 은일의 정신과 동양적 선의 경지를 드러낸다. 가령 「옥류동」과 「구성동」에서 2행 1연의 형식으로 산(山)이라는 공간을 묘사하여 정신적 깊이를 드러낸다. 이 또한 설명의 삽입을 배제하고 가능한 생략과 우회의 방식으로 자연 현상을 묘사한다. 그럼으로써 시의 새로운 정신과 실감을 독자들에게 전달한다.

지용은 소리음이나, 단어, 문장, 시점 등을 이용하여 장소나 시간에 따른 상황 묘사나 변화를 자연스럽게 표현하였다. 글의 호흡이나 템포를 자유롭게 하는 그의 산문적 리듬은 언어의 결을 고유한 패턴으로 창출하였다. '언어의 의도적인 선택'을 통해 시의 분위기나 표정, 정서의 변화를 자유자재로 구사한 것이다.

정지용의 시를 시답게 하는 것은 규칙적인 휴지나 문장의 분절에서뿐만 아니라 통사의 조직적 흐름 속에서 '의미와 형태'를 궁리하는 것이다. 그는 모든 언어가 의미와 함께 짝을 이루는 청각 영상에 대한 세심한 배려를 하였고 소리를 기술적으로 잘 다루어 시에서 음악적인 성과를 거두고 있다. 따라서 그의 개별 시편마다 독자적으로 작동하는 리듬 요소들을 통해 한국 현대시의 새로운 리듬론의 위상을 보게 하였다. 고정된 운율 대신 개성적인 리듬의 바탕에서 이루어진 정지용 시의 고유한 패턴들은 부단히 생성 중인 리듬의 가능성을 확인할 수 있게 해주었다.

참고문헌

1. 기초자료

국립국어원,『표준국어대사전』http://stdweb2. korean.go.kr

김기림,「1933년 시단의 회고」,『조선일보』, 1933.12.

_____,『김기림 전집 2 시론』, 심설당, 1988.

박용철,「문단 1년의 성과」,『조광』 14호, 1936.12.

신희천·조성준 편,『문학용어사전』, 청어, 2001.

A. preminger, *Encyclopedia of poetry and poetics*, princeton university
　　　press, 1974.

안석영,「유선형 도시 비밀론 성인」,『조선일보』, 1935.2.6.

_____,「표준 달러진 미남 미녀씨」,『조선일보』, 1935.2.5.

E.Benveniste, *probleémes du linguistique generale* Ⅱ. Gallimard, 1974.

Rone wellek, Austin Warren, *Theory of literature*(3rd edition, penguin
　　　Books, 1966.

이태준, 文學의 諸問題,『문장』, 1940.

임화,「曇天下의 시단 1년」,『신동아』, 1935.12.

J. 하버마스, 윤평중 역,「근대성: 미완의 과제」, 윤평중,『푸코와 하버마스를 넘어
　　　서』, 교보문고, 1990.

전관수,『한시어사전』, 국학자료원, 2007.

정지용,『정지용 전집』1,2, 민음사, 2016.

_____,『백록담』, 열린책들, 2004.

_____,『鄭芝溶 詩集』, 詩文學社, 1935.

_____,「굴뚝새」,『신소년』, 1926.12.

_____,「三月 삼질날」,『朝鮮童謠選集』, 1928.

_____,「詩와 言語」,『문장』 11호, 1939.12.

_____, 詩選後,『文章』, 1939.4.

_____,「朝鮮詩의 反省」,『散文』, 同志社, 1946.

鄭芝溶,「지용 文學 讀本」, 필맥, 2014.

T.S Eliot, *Literary Essays of Ezra pound*, London and New York, 1954.

_____, *Religion and Literature.*「Selected Prose」(penguin Books, 1958.

_____, Selected Essays Faber and Faber Limited, 1980.

황석우,「詩話」, 매일신보, 1919.

H. Meschonnic. Les Etats de la poetique, puf, 1985.

2. 단행본

강홍기,『현대시 운율구조론』, 태학사, 1999.

공광규,『이야기가 있는 시창작 수업』, 화남, 2009.

권영민,『정지용 詩 126편 다시 읽기』, 민음사, 2004.

_____,「종래의 지용 시 해석에 대한 문제 제기」,『문학사상』, 2003.

권혁웅,「정지용 시의 리듬 연구」,『한국근대문학연구』제 29호, 2014.

_____,『시론』, 문학동네, 2010.

김교봉,『근대전환기 시가 연구』, 국학자료원, 1996.

김기림,『김기림 전집2, 시론』, 심설당, 1988.

김기종,『시 운율론』, 한국문화사, 1999.

김대행,『韓國詩歌構造研究』, 三英社, 1976.

_____,『우리 시의 틀』, 문학과 비평사, 1989.

_____,「압운론」,『운율』, 문학과 지성사, 1984.

_____,『詩歌 詩學 硏究』, 이화여자대학교 출판부, 1991.

_____,『노래와 시의 세계』, 도서출판 역락, 1999.

_____,『韓國詩의 傳統硏究』, 서울 : 開文社, 1983.

김상욱,『시의 숲에서 세상을 읽다』, 푸른나무, 2000.

김소월,『김소월 시집』, 범우사, 1984.

김신정,『정지용의 문학 세계 연구』, 깊은샘, 2001.

金容稷,「韓國의 詩文學」,『月刊文學』21號, 月刊文學社, 1970.

김용직,「정지용론」,『한국 현대시인 연구─정지용』, 문학세계사, 1996.

김수청,「한국시와 형이상」,『궁핍한 시대의 시인』, 민음사, 1977.

김욱동,『대화적 상상력─바흐친의 문학이론』, 文學과 知性社, 1999.

김인환,『현대시란 무엇인가』, (주) 현대문학, 2011.

김석준, 『현대성과 시』, 역락, 2008.

김승우, 『(19세기 서구인들이 인식한) 한국의 시와 노래, 소명, 2014.

김옥성, 『한국 현대시의 전통과 불교적 시학』, 새미, 2006.

김윤식, 『韓國近代文藝批評史硏究』, 一志社, 1976.

_____, 「정지용과 김기림의 작품세계」, 『근대시와 인식』, 시와 시학사, 1991.

김윤정, 『한국 모더니즘 문학의 지형도』, 푸른 사상사, 2005.

김은자, 『정지용』, 새미, 1996.

김은자, 양왕용, 「鄭芝溶 詩에 나타난 리듬의 樣相」, 『정지용』, 도서출판 새미, 1996.

김인환, 『현대시란 무엇인가』, 현대문학, 2011.

김재용, 이상경, 오상호, 하정일, 『한국 근대민족문학사』 한길사, 1993.

김재홍, 『종울림 문학 총서·3—현대시와 열린 정신』, 종로서적출판주식회사, 1987.

김준오, 『詩論』, 三知元, 1982.

_____, 「芝溶의 宗敎詩—신앙적 자아」, 『鄭芝溶硏究』, 새문사, 1988.

김춘수, 『김춘수 전집2:시론』문장, 1982.

_____, 「한국 현대시 형태론」, 海東文化社, 1958.

노창수, 『한국 현대시의 화자 연구』, 푸른사상사, 2007.

김학동, 『정지용』, 서강대학교출판부, 1995.

_____, 『鄭芝溶硏究』, 민음사, 1997.

다이앤 애커먼, 『감각의 박물관』 백영미 옮김, 작가정신, 2010.

M. 칼리니스쿠, 『모더니티의 다섯 얼굴』, 이영욱 外 역, 시각과 언어, 1993.

문혜원, 『한국 현대시와 시론의 구조』, 역락, 2012.

_____, 『한국 현대시와 전통』, 태학사, 2003.

_____, 『한국 현대시와 모더니즘』, 신구문화사, 1996.

미하일 바흐친, 『장편 소설과 민중 언어』, 전승희 옮김, 창비, 1998.

민병기, 『문학의 이해와 감상』, 건국대학교 출판부, 1996.

_____, 『현대 시·시조 통합 이론』, 고려대학교 민족문화연구원, 2016.

_____, 『정지용』, 건국대학교 출판부, 1996.

박계숙, 『한국현대시의 구조연구』, 국학자료원, 1998.

박명용, 『한국 현대시 : 해석과 감상』, 글벗사, 2000.

박진 · 김행숙, 『문학의 새로운 이해』, 청동거울, 2010.

박태상, 『정지용의 삶과 문학』, 깊은샘, 2010.

박태일, 『한국 근대시의 공간과 장소』, 소명출판, 1999.

사나다 히로코, 『最初의 모더니스트 鄭芝溶』, 열락출판사, 2002.

샤를 피에르 보들레르, 「아르센 우세에게」, 『파리의 우울』, 윤영애 역, 민음사, 2008.

서정주, 「1960년대의 한국시」, 『한국의 현대시』, 일지사, 1982.

서준섭, 『한국 모더니즘 문학연구』, 일지사, 1988.

성기옥, 「만해시의 운율적 의미, 한용운 연구」, 새문사, 1982.

_____, 『한국시가율격의 이론』, 새문社, 1986.

손병희, 『정지용 시의 형태와 의식』, 국학자료원, 2007.

송기한, 『정지용과 그의 세계』, 박문사, 2014.

송승환, 『측위의 감각』, 서정시학, 2010.

송 욱, 『詩學 評傳』, 일조각, 1963.

宋孝燮, 「「白鹿潭」의 구조와 서정」, 『鄭芝溶 硏究』, 새문社, 1988.

신범순, 「정지용 시에서 병적인 헤매임과 그 극복의 문제」, 『한국 현대시의 퇴폐와 작은 주체』, 신구문화사, 1998.

신익호, 『현대시의 구조와 정신』, 도서출판 박문사, 2010.

안현심, 『한국 현대시의 형식과 기법』, 국학자료원 새미, 2015.

앙리 메쇼닉, 『모데르니테 모데르니테』, 김다은 옮김, 동문선, 1988.

양문규, 『백석 시의 창작방법 연구』, 푸른사상, 2005.

양주동, 「시란 어떠한 것인가」, 『한국시잡지집성』 권1, 태학사, 1981.

오규원, 『가슴이 붉은 딱새』, 문학동네, 1996.

_____, 『오규원 시작법』 문학과 지성사, 1999.

오세영 · 장부일, 『시 창작의 이론과 실제』, 지식의 날개, 2006.

오세영, 『한국현대시 분석적 읽기』, 고려대학교 출판부, 1998.

吳鐸藩, 『韓國現代詩史의 對立的 構造』, 成東文化社, 1988.

오형엽, 『한국 모더니즘 시의 반복과 변주』, 소명, 2015.

_____, 『한구 근대시와 시론의 구조적 연구』, 태학사, 2002.

유리 로트만, 『예술 텍스트로의 구조』, 유재천 옮김, 고려원 1991.

유성호, 『현대시 교육론』, 역락, 2006.

유종호, 「현대시 오십년」, 『사상계』, 1962.5.

유종호·최동호, 『시를 어떻게 볼 것인가』, 現代文學, 2000.

윤평중, 『푸코와 하버마스를 넘어서』, 교보문고, 1990.

이상섭, 「촉각의 시학」, 『자세히 읽기로서의 비평』, 문학과 지성사, 1988.

이숭원, 『20세기 한국 시인론』, 국학자료원, 1997.

_____, 『원본 정지용 시집』, 깊은샘, 2003.

_____, 『정지용 시의 심층적 탐구』, 태학사, 2004.

이승훈, 『한국 모더니즘 시사』, 문예출판사, 2000.

_____, 『詩作法』, 문학과비평사, 1993.

이시영, 『시 읽기의 즐거움』, 창비, 2016.

임노순, 『詩 창작과 좋은 시 감상』, 자료원, 2002.

임홍빈, 「정지용 시 '유선애상'의 소재와 해석」, 『인문총론』 53집, 2005.

장폴 사르트르, 정명환 역, 『문학이란 무엇인가』, 민음사, 1998.

질 들뢰즈, 『감각의 논리』, 민음사, 2009.

장도준, 『정지용 시 연구』, 태학사, 1994.

_____, 「1920년대 민요조 서정시인들의 민요의식과 7.5조 율조에 대하여」, 『한국 현대시의 전통과 새로움』, 새미, 1998.

장철환, 『김소월 시의 리듬 연구』, 소명출판사, 2011.

_____, 「격론 비판과 새로운 리듬론을 위한 시론」, 『현대시』, vol.20-7 통권 235호, 한국문연, 2009.

_____, 「정지용 시의 리듬 연구」 『한국시학회 한국시학연구 제 36호』, 2013.

전관수, 『한시어사전』, 국학자료원, 2002.

전봉관, 「1930년대 한국 도시적 서정시 연구」, 서울대학교 대학원, 2003.

정 민, 『한시 미학 산책』, 솔, 1996.

정한모, 「태서문예신보의 시와 시론」, 『한국현대시문학사』, 일지사, 1974.

조동일, 『한국시가의 전통과 율격』, 한길사 한길 아카데미, 1982.

_____, 『서사 민요 연구』, 계명대 출판부; 「한국시가의 율격과 정형시」, 계명대 학보, 1975.9.16.

조연현, 『韓國現代文學史槪觀』, 正音社, 1964.

조재룡 『앙리 메쇼닉과 현대비평─시학·번역·주체』 도서출판 길, 2007.

조재웅, 「정지용 시의 여성상 연구」, 『한민족어문학』 제 56호, 한민족어문학회,

    2010.

조창환,『한국 현대시의 운율론적 연구』, 일지사, 1986.

_____,『한국 현대 시인론』, 한국문화사, 2005.

_____,「산문시의 양상과 전개」,『한국시의 넓이와 깊이』, 국학자료원, 2002.

최동호,『정지용 전집 1-시』, 서정시학, 2015.

_____,『정지용 전집 2-산문』, 서정시학, 2015.

_____,『정지용시와 비평의 고고학』, 서정시학, 2013.

한계전 · 홍정선 · 윤여탁 · 신범순 외,『한국 현대시론사 연구』, 문학과 지성사,
    1998.

허윤회,『한국의 현대시와 시론』, 소명출판, 2008.

허혜정,『현대시론』1, 한국학술정보, 2006.

홍문표,『시창작 원리』, 창조문학사, 2002.

홍정선,「공허한 언어와 의미 있는 언어」,『문학과 사회』, 1998, 여름호.

황도경,『문체로 읽는 소설』, 소명출판, 2002.

황지우,『새들도 세상을 뜨는구나』, 문학과 지성사, 1983.

황현상,「정지용의「鄕愁」에 붙이는 사족」,『현대시학』, 현대시학사, 1999.

황현상,『잘 표현된 불행』, 문예중앙, 2012.

_____,『잘 표현된 불행』, 문예중앙, 2015.

_____,「정지용 〈누뤼〉와 〈연미복의 신사〉」,『현대시학』, 2004.

3. 논문

姜洪基,「鄭芝溶 散文詩 硏究-敍事 構造를 중심으로」,『人文學志』, 第9輯, 忠北
    大學校人文學硏究所, 1993.

권혁웅,「정지용 시의 리듬 연구」,『한국근대문학연구』, 2014.

_____,「김소월 시의 리듬 연구-소리-뜻(프로조디)을 중심으로」,『한국시학연
    구』37호, 한국시학회, 2013.

_____,「한국 현대시의 운율 연구」,『어문논집』57호, 2008.

김경창,「金素月 詩의 리듬의식 연구-改作過程을 중심으로」, 인제대학교 교육대
    학원, 2002.

김나래,「김소월 시의 반복법 연구」, 고려대학교 대학원, 2010.

김낙숙,「정지용 시 작품의 특질 연구」,『인문사회과학논문집』제36집, 2005.

김대행, 「산문시의 운율적 위상─박두진의 산문시를 중심으로」, 『선청어문』, 서울 대학교 국어 교육연구소, 1974.

_____, 『詩歌 詩學 硏究』, 한국문화연구원 한국문화총서 13, 이화여자대학교 출 판부, 1991.

김동식, 「민족개조와 감정의 변화─1920년대 이광수 문학론에 대한 예비적 고 찰」, 『한국문학연구』 29, 인하대학교한국학연구소, 2013.

김명리, 「정지용 시어의 분석적 연구」, 동국대학교 대학원, 2001.

김애희, 「정지용 후기 시집 『백록담』 연구」, 전남대학교 대학원, 2008.

김영미, 「정지용 시의 운율 의식」, 『한국시학연구』, 한국시학회, 1998.

김은자, 「鄭芝溶의 現實認識과 內面意識」, 『민족문화연구』, 1993.

김현수, 「시 리듬 교육내용에 관한 연구─리듬 형성 요인을 중심으로」, 『문학교육 학』 제 38호, 2012.

김활성, 「시 리듬의 분석」, 『민족음악연구회』, 한울, 1990.

문지혜, 「박목월 시의 리듬의식 연구」, 인제대학교 교육대학원, 2003.

Patrick Maurus, 「언어학적 리듬과 시적 리듬─한국 산문시의 문제: 주요한의 경우」, 『대동문화연구』 제29집, 성균관대학교대동문화연구원, 1963.

배호남, 「정지용 시의 갈등 양상 연구」, 경희대학교 대학원, 2008.

사나다 히로코, 「정지용 재평가의 가능성─사회 비판으로서의 산문시」, 한국현대 문학회, 2009.

성기옥, 「소월시의 율격적 위상」, 『관악어문연구』, 서울대학교 국어국문학과, 1977.

소래섭, 「정지용의 시 〈유선애상〉의 소재와 의미」 『한국현대문학연구 20』, 한국현 대문학회, 2006.

신경범, 「정지용 시 연구─산문시를 중심으로」, 중앙대학교 대학원, 2003.

신범순, 「정지용의 시와 기행산문에 대한 연구─혈통의 나무와 德 혹은 존재의 平 靜을 향한 여행」, 『한국현대문학연구』 9호, 한국현대문학회, 2001.

손병희, 「정지용 시의 구성 방식」, 『어문론총』 제 37호, 경북어문학회, 2002.

여태천, 「정지용 시어의 특성과 의미」, 『한국 언어문학』 제56호, 2006.

엄국현, 「한국시의 리듬을 어떻게 읽을 것인가─한국시의 작시법을 찾아서」, 『문 창어문논집』, 제37집, 문창어문학회, 2000.

柳泰洙, 「鄭芝溶 散文論」, 『冠岳語文硏究』 第六輯, 서울大學校人文大學國語國文

學科, 1981.

芮昌海,「韓國詩歌 韻律研究에 대한 通時的 考察」,『韓國學報』(Ⅱ), 1978.

이근화,『정지용 시 연구』, 고려대학교 대학원, 2001.

이상섭,「시조의 리듬과 현대시의 리듬 : 구조 시학 서설」,『東方學志』, 1978.

이선우,「정지용과 윌리엄 블레이크의 유기체론 연구」,『동서비교문학저널』제
22호, 한국동서비교문학학회, 2010.

이승철,「정지용의「장수산1」에 대한 인지시학적 연구」,『한국언어문학』제72집,
한국언어문학회, 2010.

이현정,「정지용 산문시 연구」, 연세대학교 대학원, 2003.

이현정,「한국 근대 산문시 연구―이상·오장환·정지용을 중심으로」, 숙명여자
대학교 대학원, 2014.

이혜원,「현대시 교육을 위한 제언: 운율 지도를 중심으로」,『한국어문교육』7, 고
려대학교사범대학 국어교육학회, 1994.

_____,「현대시 운율의 이해와 교육방법」,『문학교육학』제 30호, 역락, 2009.

장도준,「鄭芝溶詩의 音樂性과 繪畵性」,『國文學研究 第 13輯』, 曉星女子大學教
國語國文學研究室, 1990.

_____,「한국 시의 전통적 율격과 그 성격 규정에 대한 비판적 고찰」,『한국문예
비평연구』, 2004.

張道俊,「現代詩의 아이러니(反語) 研究(A Study on Irony in Modern
Poetry)」,『曉大論文集』第48輯, 1994.

장석원,「백석 시의 리듬―「古夜」의 강세를 중심으로」,『한국시학연구』, 제 36호,
2013.

_____,「'프로조디, 템포, 억양'을 통한 새로운 리듬 논의의 확대―김수영의「사
랑의 변주곡(變奏曲)을 중심으로」,『국제어문』제 52집, 2011.

장영우,「정지용과 '구인회'―『시와 소설』의 의의와 「유선애상」의 재해석」,『한국
문학연구』제 39집, 동국대학교 한국문학연구소, 2010.

장철환,「김소월 시의 리듬 연구―진달래꽃을 중심으로」, 연세대학교 대학원,
2009.

_____,「정지용 시의 '유리창' 이미지 연구―'열기의 심리학'을 중심으로」,『한
국학연구』제 29집, 2013.

_____,「정지용 시의 템포―호흡마디 분절의 변조를 중심으로」,『현대문학의 연

구』, 2004.

_____, 「김기림 시의 리듬 분석-문명의 '속도'의 구현 양상을 중심으로」, 『현대
문학의 연구』 42, 한국문학연구학회, 2010.

_____, 「정지용 시의 리듬 연구」 『한국시학연구』 36, 한국시학회, 2013.

_____, 「김춘수 시론에서의 리듬 의식 연구」, 『우리어문연구』 55집, 우리어문학
회, 2016.

전봉관, 「1930년대 한국 도시적 서정시 연구」, 서울대학교 대학원, 2003.

정원술, 「정지용 「장수산」 '두 칸 띄어쓰기'의 시적 의도와 문학 교과서 검토」,
『한국근대문학연구』, 한국근대문학회, 2013.

정재욱, 「정지용 시 연구」, 경성대학교 교육대학원, 2001.

정끝별, 「현대시 리듬 교육에 관한 시학적 연구-병렬parallelism과 반복
repetition을 중심으로」, 『현대시 리듬 교육에 관한 시학적 연구』, 2007.

조성문, 「정지용 시의 음운론적 특성 분석」, 『동북아 문화연구』 제 22집, 동북아시
아문화협회, 2010.

조재룡, 「리듬과 의미-프랑스어 리듬의 전제 조건에 비추어본 한국어 리듬의 문
제들」, 『한국시학연구』 제 36호, 2013.

조창환, 「조지훈 초기시의 운율과 구조」, 『한국문예비평연구』, 2008.

최석화, 「한국 현대시 리듬론 재고」, 『한국근대문학연구』 30호, 한국근대문학회,
2014.

최현식, 「한극 근대시와 리듬의 문제」, 『한국학연구』 30, 인학대학교 한국학연구
소, 2013.

하종기, 「정진규 시 연구-산문시 창작 방법을 중심으로」, 중앙대학교 대학원,
2013.

황정산, 「한국 현대시의 운율론적 연구-모더니즘 시를 중심으로」, 고려대학교
대학원, 1997.

_____, 「현대시의 아이러니와 화자」, 『한국문학연구 제 2호』, 2001.

_____, 「한국 현대시에 나타난 시행 엇붙임에 대한 연구」, 『韓國學報』 59호,
1990.

_____, 「초기 근대시의 운율 연구」, 『한국문예비평연구』, 2004.

_____, 「한국 시가의 운율 자질에 관한 시론적 연구」, 한국문예비평연구」 제34
집, 2011.

찾아보기